阅 读 即 行 动

James Wood

[英]詹姆斯·伍德 著

Upstate

纽约上州

廖 梦 译

北京联合出版公司
Beijing United Publishing Co.,Ltd.

图书在版编目(CIP)数据

纽约上州 /（英）詹姆斯·伍德著；廖梦译. 北京：北京联合出版公司, 2024.9. — ISBN 978-7-5596-7846-1

Ⅰ. I561.45

中国国家版本馆 CIP 数据核字第 2024B977E4 号

Upstate
Copyright © 2018 James Wood
Chinese Simplified translation copyright © 2024
by Neo-cogito Culture Exchange Beijing Ltd
Published by arrangement
through THE WYLIE AGENCY (UK) LTD
All rights reserved

北京市版权局著作权合同登记　图字:01-2024-1427

纽约上州

作　　者：[英]詹姆斯·伍德
译　　者：廖　梦
出 品 人：赵红仕
出版统筹：杨全强　杨芳州
责任编辑：李　伟
特约编辑：王如菲
封面设计：彭振威

北京联合出版公司出版
(北京市西城区德外大街83号楼9层　100088)
北京联合天畅文化传播公司发行
北京启航东方印刷有限公司印刷　新华书店经销
字数180千字　775毫米×940毫米　1/32　8.75印张　插页2
2024年9月第1版　2024年9月第1次印刷
ISBN 978-7-5596-7846-1
定价:68.00元

版权所有,侵权必究
未经书面许可,不得以任何方式转载、复制、翻印本书部分或全部内容。
本书若有质量问题,请与本公司图书销售中心联系调换。
电话:010-64258472-800

献给克莱尔、利维亚和卢西安

1

首先他要去看望母亲。他会告诉她凡妮莎的一些事儿——自然不会透露事情的全部。一条他最爱的小路再往前延伸六英里就是家了——令人胆怯的老地方,带着他喜欢的北方所特有的那种冷峻。不过,现在它看起来完全荒废了:一切事物都进入了冬眠状态。母亲已经在那里生活了四年,他却仍然不确定该如何向她开口。房租贵得离谱,他没法继续负担了。钱都花去了哪儿?他们得到了一个小小的两居室,有额外的空间摆放那些她积攒了大半辈子的笨重的旧家具——她那令人头疼的囤物癖;她也有了能在每周五享用茶点的地方。

他穿过两扇冒着气的防火门,里面囤放着这周末的陈酵母,用于制作校餐。他站在母亲的房门(门牌上写着"克拉伦登")外,像个小丑似的整顿了一下衣衫,提了提裤子,拍了拍外套上的灰,用力地敲了一下门才进去。电视机关着,谢天谢地。她在印花布椅子上睡着了。在他的印象里,父亲时常霸占着这张椅子,端坐着一面看报纸一面发号施令。她是那样娇小,脸颊凹陷,一些牙齿掉没了。用老套的音乐厅笑话来说……她的牙像星星。它们只在晚上出现。不过现在是午后。她呼吸的时候就像喉咙里有某种阻塞物。她的鼻子一直都很大,而如今她整个人好像绕着鼻子逐渐缩小了,缩到只剩下皮包骨,而她的鼻子还是那样呈根茎状,高耸、傲然。我的鼻子像她,所以我将来也会是这样,毫无疑问,他心想。他蹲在她身边,朝她低语。她睁开了眼,带着一丝被冒犯的语气说,"艾伦,你是什么时候来的?"好像他刚刚在监视她。

"刚来。"

"把我的假牙取来——在床边的玻璃杯里,麻烦了。"她背过身子去戴假牙。"现在我们需要叫一些茶点。你吩咐了,他们会照办的。"母亲出身于爱丁堡郊区的一个中下层阶级家庭,上学时她曾因模仿英式(可能是英式苏格兰)发音而不受同学待见;自从她父亲去世之后,她的口音的模仿对象好像又往上提了一两个阶级。以至于她说话时会让人有些难受。

事实上,现在的她说话时像一位女主人,但她的模样看起来更像一位仆从——矮小、驼着背、衣着简陋。

"你并不需要戴披肩,不是吗?"他说着,一面把它从她肩膀上拿掉。

"当然不用,我只在午睡的时候戴它。谢谢……你看起来很疲惫。蜡烛不可两头烧,你的身体会吃不消的。"

"罗马蜡烛应该可以?"他刚过完六十八岁生日,"你还好吗?"

"还不错,我想……不过这种英式风景不是我的风格。"她补充道,以女主人的派头指向窗户。

"哦,它其实还不赖。"他说,望着窗外光秃秃的树木和雪山的轮廓。眼前的风景正是租金如此高昂的一个原因。"而且我们已经讨论过了。你不想和我一起住,你想独立,虽然你搬过来和我们一起住会更省钱一些。"

"绝对不行。我当初让你的奶奶搬过来一起住,你也知道的,我的五十岁可不就这么白过了。我成天地照料她,日复一日。我不会让这样的事发生在你身上。"

在那间屋子里,这两位女人似乎曾经暗暗地憎恶过对方;她们都擅长用一种隐秘的手法让对方一蹶不振。

"但是你想我多来看看你。我也想来见你。"他握住她的手。"来一趟苏格兰,三小时的车程对我来说可不友好,虽然在这儿你有属于自己的风景。"他轻声说。

茶来了,是一位红褐色头发的男孩端来的。他为他们摆好茶点之后离开了,还特别留意将堆满食物残渣的盘子捎走。

"这是战时供给的量吗?"母亲说。年轻人又现身了。

"奎里太太,"他说,"我想我应该提醒您,房客需要在三点半到日光室集合,接种冬季流感疫苗。这是——您知道——为错过第一期接种的人员提供的补种机会。您需要什么帮助吗?"

"不用,我儿子在这儿。谢谢。"

现在的屋子绝对算不上糟糕。高高的屋顶用嵌线精心装饰过,勾勒的还是类似罗马月桂花环的图案;带纹理的墙纸里嵌着像切碎的杏仁一样的颗粒——而事实上这些让他想到小孩常常扎到自己皮肤里的木刺——全部被刷成令人舒适的奶油色。还有一些他从记事起就熟悉的家传物件:一幅达勒姆大教堂的水彩画,一面根本照不清人脸的古董镜子(看起来很值钱,但是他知道其实并不然),一只至少三十年没有换过垫套的垫子,这只褪了色的印有丁香图案的垫套是他在伦敦的托特纳姆法院路的希氏商店买的。一切都很好,或者说尽可能地好了,当一个人一辈子的生活痕迹只剩下一堆私人纪念品。这是间不错的屋子。不过,他没法继续承担房租了。

她用那双淡蓝色的眸子注视着他,让他想起了凡妮莎的眼睛。

"这里的房客都在经历烦心事!我隔壁的邻居昨天弄丢了她的助听器,她放在床头桌子上的几沓卫生纸上,被清洁员当成垃圾扔掉了。走廊那边,隔过两个门那间的玛丽·比奈也气炸了,因为她喜欢和另一位住在这儿的唯一能听懂法语的女士讲法语,而现在管家禁止她讲法语——很显然,有人投诉她们用其他人都听不懂的秘密语言交流,我们推测是我们当中的一位租客所为,我也能猜出是谁。我觉得很遗憾。虽然我听不懂她们在说什么,但是我喜欢听别人讲法语……现在那个经理在月底就要走,她才来了六个月;我猜想她是捷克人,人挺好的,尽管她出于某些原因讨厌被当成波兰人——"

他打断了她,"妈,我需要去美国待一周。"

"美国?哦,好吧。出差吗?"她总是喜欢一字一顿地复述这些词,所以他用肯定的语气对她重复了一遍：

"出差。"

"噢,别……被什么牵扯进去了。"

"被什么牵扯进去?"

"美国是个危险的地方,据我所知——双子塔发生了可怕的事情。你会去见凡妮莎吗?她一直希望你去看她,在那个什么地方……"

"萨拉托加温泉市。"

"对,我刚刚差点想说撒尔沙植物。"

"我会去见她。还有乔什。"

"天哪……多么需要勇气,去那儿!他太年轻了,肯定配不上她。"

"你都没见过他!"

"是啊,我们都没有,但是我这里有电话,你知道,我还是能收到消息的。我想说的是——你先不要打断我——凡妮莎现在也不小了,对吧?"

"妈,我跟不上你了——你现在是在祝福他吗?"

"唔,为什么这个可怜的孩子不应该有个男朋友?也许乔什就是她的有缘人呢?等他们结婚的时候,你会怪他把凡妮莎抢走的……"

"哦,凡妮莎早就搬走了。远在美国。毕竟她在那里读的博士,不是在这儿。从那之后她就离开家了。"

"傻女孩。真可惜圣诞节她没回来。我想她宁愿和她的男友待在一起。"有那么几秒钟,他们陷入老式的沉默:只听得到母亲那只精美座钟的嘀嗒声。这是他送的礼物。

"艾伦,亲爱的,你能带我去日光室吗?我想早点到那里——趁着针头还没钝……"

他们相视而笑,他扶她起来,挽着她一起走,而她握着黑色的管状助行器。这是了不起的发明,既像举重运动员一样强壮,又像一位老妇人的骨骼一样轻,前面是滚轮,后腿上带着两个向外伸出的黄色网球。它们在地毯上拖动,同这对年迈的母子一道慢慢走向走廊尽头。

2

奎里家的老房子看起来相当不错——仿佛是用岩石而非沙土砌成的。门前是一条弯弯曲曲的石子路(他驾车沿着这条路前行时,车胎碾轧着细小的白色鹅卵石,并将其飞速地抛到路边),一眼望去可以看到很多的石块、高高的窗户和石雕组合用的 S 形黑色金属、一扇结实的大门、一个弯曲的黑铁质鞋子刮泥板(你永远不可能会买、只可能家传的那种)。房子大概是在 1860 年建成的。艾伦·奎里并没有参与建造,但是他有时会有亲历其中的错觉。他和凯茜在这里养育了凡妮莎和海伦,凯茜出走之后,他一个人在这里抚养她们。窗户是他亲手更换的,排水管是他本人修缮过的,车库的屋顶是他在罗伯——村里那个有些痴呆的杂工——的协助下翻修的。

这里看上去会是成功人士的住宅。他住在诺森伯兰郡最有钱的一带,所有的邻居——如果相隔甚远的人也可称得上邻居的话——貌似都是"乡绅"。他们都上过伊顿公学,穿着锈色的宽松灯芯绒裤子在郡里四处溜达,身上散发着"老钱"的慵懒和高贵气息。(他们是从哪儿得来的那些"老气"但昂贵的新衣服?在伦敦的杰明街上的纽与林伍德商店:他曾经光顾过一次,在那间安静的商场里趾高气扬、激动得直冒汗。)离他最近的邻居是一位秃头的中年准男爵,他是一个非常温和但不起眼的家伙,一事无成,唯一值得说道的便是他在《闪灵》刚出版就读了这本书,吓得三天三夜没有合眼。

这是不属于他的世界。他的父亲在十六岁时辍学,进了纽卡斯尔的一所造船厂。父亲是个聪明且勤奋的人,很快就挤进了帕森斯工厂,为他们产的汽轮机采购零件。艾伦在纽卡斯尔出生;二战后,奎里一家搬到了杜伦,父亲在那里开了一家大型五金制品店——在通往杜伦大教堂的萨德勒街上。他的父亲在这里真正地立足了;不仅作为一名"店主",更是一名"业主",他成了镇上家喻户晓的名字:"我要上奎里家逛逛。"不过,父亲的成就始终没能更上一层。眼看着父亲开分店的尝试屡屡落败,艾伦有了从事房产开发的念头——先是在杜伦,然后是纽卡斯尔、约克、曼彻斯特。他——家里的独子——爱上了挣钱,并用自己挣来的钱给父母买了一辆沃尔沃牌新车——这是他们拥有的唯一一辆新车——并且在父亲时日不多的时候,支付临终关怀医院的账单。

现在他在付母亲的房租,但是他无力承担了,而且如果他说了实话,没有人——尤其是海伦和凡妮莎——会相信他,他们是不会理解的。奎里地产集团在英格兰北部遍地置业,甚至在曼彻斯特拥有一间崭新的办公室(但其实只有一间屋!),并且特地邀请了盐湖城的美国公司来设计新潮的网站——这样还付不起吗?

他横穿过石子路,推开了沉甸甸的大门。奥特从它的狗窝里跳起来,高兴地扭动着身子。他在门口没看到坎迪斯的车,她也许出门了。厨房里没人,静得出奇的客厅里也没有。落地窗的玻璃上泛着阳光,这个短促的二月的下午就要溜走了。屋子里很安静。这么多年,自从凯茜离开、孩子们上大学后,这个房子就变得静悄悄了;厚地毯上残留着他们的一丝足迹。他甚至想过要不要把这个漂亮的老房子转手卖掉。是坎迪斯改变了这一切。他的女儿们,特别是海伦,不太喜欢她。其中的一个原因是,她们认为她的自由市场反共言论听起来很刺耳。其实,他自己也并不那么赞同坎迪斯的政治观念;他一直自认为是工党的支持者,和杜伦的所有居民——包括那些已经"远走他乡"的成功人士——一样。也许她们只是嫉妒她。她们逐渐老去、头发发白、身材走样——随着她们变得苍老(凡妮莎用来形容"衰老"和"苍白"的合称词),于是便开始嫉妒她依旧乌黑莹亮的长发、结实的臀部和充沛的生命力。他曾经做了一次严肃的尝试,试图让女儿们和坎迪斯接纳对方,她们却争论起撒切尔夫人对于英国到底是"有利无害"(坎迪斯的干脆结论)还是彻头彻尾的灾难(海伦的观点)。凡妮莎后来称她觉得坎迪斯"很强势";他现在回想,当时凡妮莎像个孩子一样闷闷不乐地回到自己的卧室。

无论凡妮莎和海伦怎么看待这位新女友,他很确信的一点是,坎迪斯是他的救星。她比他小十岁,是一个非常乐观和勇敢的女人。她把他从孤独、过劳和失婚后乏味的独身生活中拉了出来,甚至让他不惧怕衰老和死亡。

"坎迪斯!……坎迪斯,亲爱的?"

她在屋子后侧一间放电视机的小房间里,盘腿坐在一只密实的圆垫子上。坎迪斯在香港做了十余年的管理顾问,但是她说自己从未喜欢过这份工作。一年前她决定刻苦修炼,立志成为一名佛教心理治疗师。禅修注重冥想,这是自然——还有园艺,不知为何。也许,人就像一棵植物——生长,凋谢,而后重生。现在,她会在那只深红色的中式低垫子上打坐很长时间,他知道自己不懂禅修,不过她总是看上去像是睡着了,而不是在冥想。海伦认为坎迪斯缺乏任何明显的心理治疗天赋。("这简直就像强迫昆西·琼斯坚持一夫一妻。"①)艾伦当下付之一笑,后来他在谷歌上搜索了"昆西·琼斯"这个词条。这不是真的,至少坎迪斯·李不是这样的。

她相当专注,平心静气,动作连贯:她可不能出错。艾伦没有看到她的鞋——她光着脚。

"你告诉她了吗?"坎迪斯并不喜欢他的母亲,好笑的是她非常不擅于掩饰这一点。

"喔,我对她说了我要去美国。"

"我想说的自然不是这个,艾伦。你没告诉她你为什么去那儿?"她从地板上站起身,看上去很轻松。

"我觉得现在还不是时候,"他说,"等我回来再说。"

"你害怕了。"

"我想我有一点。"

她走近,轻轻拍了拍他的胸脯。

---

① 昆西·琼斯(Quincy Jones),美国音乐家,著名音乐制作人,与五位不同女性育有七个孩子,因此文中有"一夫一妻"戏语。——译注(本书注释皆为译注,下同)

"你不能怕,你要到凡妮莎那里陪着她。她需要你。"

"陪着她……"

"没错,你要陪着她,我用这个词并不觉得尴尬。你是她的父亲,你必须做出生活的表率——展示出你坚持做的这些是为了什么。"

"我想,我'坚持'是因为我对生活缺乏思考。"

"好比蜈蚣,"坎迪斯说,"当它发现自己有一百条腿的时候,它就不会走路了。但事实也不是这样的。大多数蜈蚣并没有一百条腿。"

"我可以用那个吗?当我把萨拉托加温泉市的事情解决之后?"

她一脸严肃地盯着他,散发着他特别喜爱的一种气息。坎迪斯的母亲是一个抱负不凡的女人,成长在中国的穷乡僻壤,同学都曾经嘲笑她"癞蛤蟆想吃天鹅肉",但她凭自己的意志走了出来。

"你是认真的?如果不是,还不如让我去。凡妮莎的人生不是什么愚蠢的英式小品。"

艾伦思忖了片刻,坎迪斯去萨拉托加温泉市肯定不会受到欢迎。

"我当然是认真的。不过我只能做回我自己。"

3

那个自己想先洗个澡,然后喝上一两杯。他拧开主浴室的水龙头,这是他最喜爱的大浴缸——如果他母亲搬过来一起住的话,他肯定会让给她用。他洗澡时有一个习惯:爬进浴缸——这一动作变得越来越不轻松——就马上打开排水阀,这样他泡澡的时间总是保持在四分钟以内,而且这几分钟多数是在轻微的不适中度过的。是父亲教会他忍受这份不适,年轻人可以通过这种方式让自己变得"坚忍"。(父亲以前泡的也是冷水澡。)在英格兰北方,"坚忍"是比聪明、美貌和绅士都要重要的品质。像他这样的年轻小伙会把他们的衬衣袖子卷得高高的,展现自己那像即将发射的大炮似的二头肌。他们把新月形的金属片钉进他们的鞋跟里,这样,他们一跺脚就能在人行道上擦出耀眼威武的火星。直到现在他还遵循着父亲这一傻乎乎的行为准则,而洗澡时偶尔违规似乎成为一种巨大的奢侈:今天他要在暖和的浴缸里坐上足足二十分钟,也不急着把洗澡水排光。

坐着泡澡时,他低头端详着自己的身体:他诧异地发现,自己的阴茎比身体的其他部位颜色要深,好像它要比其他的部位更老一些。这算白肉还是黑肉呢?年轻时他的胸毛像雨林的地面一样缠成一团,如今变成了不痛不痒的灰白色,干枯得像烟草一样。看,这就是苍老的迹象。奇怪的是(说怪也不怪,因为他的朋友也这么说过他),当他盯着镜子时,对着他凝视的不是六十八岁的艾伦·奎里,而是年轻时候的艾伦,十岁和二十岁的艾伦。十岁到六十八岁之间他经历的一切仿佛只发生在几个小房间里;童年像是在走廊里度过,青年时光则藏在厨房那只稀奇的小橱柜里,一切逝去的时光仿佛就在手边,不是隔着长长的几十年或隔着几栋房子和街道,而是真真切切地触手可及。六十八年的时光——结婚、生小孩、离婚、失去亲人、债务危机——一晃而过,也只不过是从走廊的一端到另一端的距离。在他身上没有任何变弱、减退或苍老的迹象,不论是性,还是幸福感或者好奇心。近三个月以来,困扰他的是债务危机。生意进展得很不顺利,他们明显在那个愚蠢的多布森项目上耗费了太长时间,但是走运的时候他还是乐观地觉得自己能够摆脱这一切,就像从浴缸里一跃而起,径直走开,无视浴缸中晃荡着的水。

他父亲生平一直是那样乐观——遇事沉着,禀性温厚,聪明过人。他从未见父亲掉过一滴泪,也从没见他发过一次火。艾伦出生之后,母亲出现了产后抑郁的症状;她在纽卡斯尔接受了电击治疗。也许这是凡妮莎的问题的根源?可是母亲一直是家里给予爱、维系情感的那一个。只有她知道调动气氛的诀窍:如果她赶在父亲前头走了,家里的情感阀门就永远地关闭了。艾伦和父亲从不曾讲过知心话。在家里发火、又哭又笑的只有母亲。情感是阴性的。欢乐和温柔也是女性的特质。还有上进心——母亲那拿腔拿调的"中产阶级"口音。

而现在,他坐在浴缸里,像一块海绵一样在蒸汽里舒展开来。他在三天内就要动身前往萨拉托加温泉市,去陪伴自己的女儿——可怜的凡妮莎。

最初的征兆是在临近圣诞节的时候显现的,凡妮莎取消了一如既往回英国过圣诞节的计划。她称自己身体不适,有太多工作需要处理。凭着以往的经验,艾伦知道凡妮莎所谓的身体不适极少限于生理层面,而"工作"的托词意味着一直逃避且成果寥寥。几周后,一月初的一天,乔什发来一封令他震惊的邮件——收件人是海伦,但是她将信转发给了艾伦。乔什称,凡妮莎在十二月初陷入了重度的抑郁之中。凡妮莎开始"回避"他,"甚至回避生活——我并没有夸大其词"。圣诞节前发生了他所谓的"一次事故",凡妮莎从楼梯上摔了下来,弄伤了胳膊。乔什吓坏了:"我觉得她有自残的危险。"他表示,她最近几周出现了好转的迹象,但还是很虚弱,他之所以写信,是因为他知道海伦经常到纽约出差。所以他问海伦下一次出差的时候,能不能来纽约上州,到萨拉托加温泉市看望姐姐。"你和你的父亲当然比我更了解她的'往事'。"

　　海伦回信称,她其实会在二月初去一趟纽约,唱片公司安排的公差;她可以顺道去纽约上州,她会尽量把艾伦也带去。或许是因为乔什的信是发给了海伦而不是自己,又或许是因为他自己太害怕,太礼貌,太他妈的英伦范了,他没发邮件问乔什究竟想说什么,为什么暗示凡妮莎的意外是故意而为。"有自残的危险。"不是吧!艾伦以为一切早已过去,留在了牛津,那都是凡妮莎学生时代的旧事了。如果她做出了看似自残的举动,这并不是当真的,只是一种"信号"、讯息,一种"求救信号"——人们一般不都这样解读这种行为吗?同时,他惊恐万分地想:她不能就这么把她的生命就像未做完的拼字游戏那样扔掉……

作为父亲——单身父亲——他会用尽一切办法帮助自己的孩子,虽然她们早已成年。他体会过不幸的滋味,有时会觉得痛彻心扉;但是,他并不认为自己真的明白绝望是怎样一回事。绝望是精神性的,是没法根治的。绝望是看不见希望的人所患的色盲症。为什么快乐对于海伦来说如此简单,而她的姐姐总是难以快乐呢?姐妹俩一直是如此不相像。也许凡妮莎的"往事"要追溯到她的出生时刻。即便如此,艾伦能怎么办呢?这一直是他的心病,他能做的太有限了。他没法让凡妮莎用他的视角看待生活:他看到一只白鸟的时候,她看到的却是一只黑鸟。但是,他肯定会来看她:他会立马订机票,和海伦一起出发。对于凡妮莎,这将是一次迟到的圣诞节家庭聚会。

4

凡妮莎和海伦,海伦和凡妮莎……凡妮莎比海伦大两岁,在 1966 年 7 月 30 号晚上十点出生,那天的世界杯决赛上,英格兰队击败了西德队。这是英格兰第一次、也是唯一一次获得世界杯冠军!他永远忘不了那一天:举国欢庆,黑白电视机的雪花屏上不真实地转播着赛事实况,凯茜当时在客厅里僵硬地踱步,用手撑着腰。在他的记忆中她的呻吟声和温布利球场上的欢呼声重叠在一起——就在那一刻刚过不久,凡妮莎诞生了,全身湿漉漉、皱巴巴的,患着黄疸。她是他们最钟爱的孩子,因为是头胎。"只给她最好的。"多么幸运的女孩。但是,长大后,她变得越来越难以亲近,怕生且冷淡。她不能也不愿意融入——就像仙境里的爱丽丝,不是显得太高,就是显得太矮。他们的离异改变了一切。凯茜出走之后,凡妮莎开始消极避世。姐妹俩对这场灾祸的反应大不相同。一向刚烈的海伦站在了父亲的一方,指责为了另外一个男人抛弃艾伦的母亲"只想着寻欢"。(她那时才十三岁,可怜的孩子。)凡妮莎就不一样。她没有捍卫任何一方,只是默不作声;仿佛在独自消化该事件的全部后果,总是不见踪迹。她总是待在楼上她那该死的卧室里,躺在床上阅读;贪婪地、不挑门类地、严肃地阅读各种小说、诗歌以及哲学、女性主义甚至生态主义的书。她读的很多作家他都从来没有听说过;有时他觉得,她特意选了最不出名的作家来激怒他。

在曾经的幸福日子里,艾伦和凯茜喜欢观察姐妹俩的不同之处。常常当其他对话陷入僵局时,这对夫妇会饶有兴致地谈论起"女儿们"——就像改革家畅谈自己未来的规划那样——可能是些早已不新鲜的事情,但是他们总是会乐此不疲!海伦充满了生气,非常顽皮、不听话,喜欢与人亲近;凡妮莎很害羞、温和、很少发脾气,非常用功,喜欢独处。这些差异一度看起来只是暂时的,是成长中激烈竞争的一部分;一切都是可变的。但是最终,艾伦发现,孩子的脚停止了生长,她的裤子不再需要留长一截,她的笔迹定型了,她的床单上偶尔带着刚步入青春期的显眼的血迹——而且,好像在你还没来得及准备好面对这一新阶段(或者现在的他是这样认为的),你忙着应对自己的那一堆烂摊子的时候,你的女儿突然之间长成了大人，而那些曾经看似可塑的性格特征如今固化成了禀性。姐妹俩都非常有主见，不过海伦的固执带给她的往往都是幸福，而凡妮莎的固执总是通向不幸。她好像很喜欢把自己的机会搞砸。他在那段日子里就是这么对自己念叨的。她为什么想要把自己的机会搞砸呢？为什么凡妮莎从不邀请同学和伙伴来家里玩？她就没有朋友吗？她曾表示自己想报名学校的辩论社团，但是没了下文。还有校乐团和校剧社，也都是如此。她的消遣都是独处性的：阅读，弹钢琴或吹长笛，听音乐，写诗。（大多数都是一些消极哀怨的诗：有一首令他尤为震惊，传达的像是对一位男孩的暗恋之情，尾行的一句他永远也不会忘记，大意是想要"从一面高墙上跳到坚硬的人行道上来"；在凡妮莎的床垫下的一本笔记本里读到这些诗时，她的父母感到惊恐万分。）后来在牛津读书时，有一天，凡妮莎决意把她所有的个人物品都送给别人；一位朋友十分担心她情绪失控，于是向学校健康服务中心报告了她的情况，他们联系了艾伦和凯茜。海伦很爱跟大人吐露心事，对自己的魅力也很有信心；凡妮莎非常隐忍，这一姿态好像是两种最糟糕的情绪的融合——评判和恐惧。海伦是个乐天派；对于凡妮莎，快乐是一种需要被提醒的经验。有一天，你意识到你的孩子们不仅仅是性格和体格有别,她们的道德观和政治观念都截然不同。有一天——他很清楚地记得——你看到你十七岁的大女儿一板一眼地给她的妹妹讲诉人间的苦难和人性的残酷,她拿起父亲都不知道她有的一本书——乔治·莱利·斯科特的《酷刑的历史》——在空中挥舞着说:"读它,读它,海伦,这样你就明白这是怎么一回事了!"

事实就是这样的吗?她的童年是一种酷刑?

5

海伦和凡妮莎,凡妮莎和海伦……凡妮莎是在普林斯顿大学读的博士——"因为我在牛津待到快要窒息了,而且普林斯顿会支付我的学费,他们是真希望我去"——之后在斯基德摩尔学院担任了七年的哲学老师;如今她的事业出现了一丝停滞的迹象,就像微风中夹杂着腐烂的气味。失意的迹象。她发表了一些论文;其中一篇,在艾伦看来是设法将法国哲学与英国分析哲学结合起来打造一种伟大的新成果——就像将法国葡萄移植到英国土壤来酿造肯特生产的那种成问题的酒?——完成得非常出色,在学术会议上被广泛传阅。但是她现在已经四十岁了,她还没有创作出一部"巨著",也没有升职。学院网站上的教师简介和糟糕的快照一直没有更新——这些学者啊,艾伦想——凡妮莎那迷人的黑发在脑后紧紧盘成学院风的发髻,她那张可爱斯文的脸庞被一副难看的时钟大小的眼镜遮挡着;还有那一栏一成不变的作品目录,其中写着"四篇关于人格的论文(即将发表)"——永远被悬置的空话。艾伦无法想象她在纽约州萨拉托加温泉市的生活。她告诉他,斯基德摩尔学院是美国最顶尖的私立学校之一;她还向他介绍过温泉镇:那是历史悠久的旅游胜地,十九世纪那里汇聚了许多温泉旅馆,堪称纽约上州版的巴登-巴登和薇姿温泉小镇。那里有很多公园和大饭店;那里的人现在还会赌钱和赛马,那里的街道很宽很美。五年前,在读《金刚钻》时——他一时兴起开始重读伊恩·弗莱明的所有书——他高兴地发现,詹姆斯·邦德和菲利克斯·雷特造访这个萨拉托加温泉市的著名赛马场。

但他从没去看过她。一般是她回来看他,而他猜想,她每个暑假回诺森伯兰郡是因为她渴望逃离美国或纽约州。到了夏天,诺森伯兰郡的绵羊就会发出打了褶皱似的"笑"声,并把羊毛蹭到清水石墙上,而笔直的老罗马路会在普照的柔和阳光下闪闪发光,天底下没有比这里更好的去处了。去年夏天,她在这里度过了整个八月——他为此很开心。他留她独自待了几天,去了伦敦,等他回来,看到她还在——偶尔待在她小时候的卧室里,像往常那样斜躺在床上看书,偶尔坐在客厅,或者在户外草地的躺椅上抽烟,总是拿着一本书和一支笔,穿着那条古怪的宽松裤子。

不像海伦，凡妮莎好像很容易满足。她想要的是宅在家，有一些独处的时间，并且能够专注工作。除此之外，她别无所求了。从后门那里望去，他看到她坐在躺椅里，笔记本摊开着，手里握着笔，烟盒和打火机放在她的咖啡杯旁的草地上；她去年变胖了一点，可能这条走起路来飘飘荡荡的古怪裤子是为了遮肉。她懒洋洋地坐在椅子上，吐着舌头。她把笔记本平放在她的膝盖上，右手用力地拨弄自己的头发，仿佛想把脑袋里的想法揪出来。如果说坎迪斯在冥想时看上去像是睡着了，凡妮莎可以说像是在扮演一名思想家。她很少写下任何东西；多么有趣，思考与书写的频率之比。她就像一名演奏海顿的交响曲的小号手，大约只在每一百个小节处拾起乐器吹一下。也许，她写下的是格言？哲思断片？如果她只是在写笑话、写信或者胡乱地涂鸦的话那就太滑稽了。尽管他知道自己不该，但是他还是会出来打扰她，给她再续一杯咖啡，问她需不需要从科布里奇带东西，再给她讲个自己的笑话，来附和她本子里的那些。

她在萨拉托加温泉市真的试过自残吗？把自己的生命抛掉——他不由自主地一遍遍想象这个场景——就像放弃做到一半的填字游戏那样？当然，艾伦想，乔什在向海伦描述楼梯上的事故时故意语焉不详,可能是因为他想把整件事情渲染得足够严重,这样他们才会去,但是又不能过分夸大其词,免得他们坚持把凡妮莎带回家。这么说来,乔什一定是爱她的;他对凡妮莎的占有欲是正常的,他很紧张她也是正常的——自然也是出于好意。艾伦认为,这封邮件很好地体现了这个年轻人的为人。

凡妮莎从寄宿学校逃走之后,艾伦和凯茜决定应该"找个人瞧瞧"她的抑郁和焦虑症。他们找到了纽卡斯尔的一位儿童心理治疗师,这位医生跟当地的一家教学医院有些联系。她还记得,他们大费周折才找到这位医生。1982年在纽卡斯尔,还没有什么人做"心理治疗"!凡妮莎并不肯去,几乎是被拖到珀西街上那间阴森的办公室里去的。更糟糕的是,这位治疗师——她的姓氏是列侬,约翰·列侬的列侬——坚持在第一次会诊的时候和他们全家人聊聊。每个人都得来,甚至包括海伦。艾伦和凯茜当时已经分居了八个月,也断了联系,除了谈论姐妹俩的事情。当列侬医生告知他们她会用一台录音机录下全部对话时,艾伦面带愠色地坐在那里;她发现听他们的聊天很有用——会诊结束后,可以检测出他们被录下的犹豫、逃避、弱点还有谎言。她虽然没有使用那样的词,但是言下之意就是:父母是"罪魁祸首",她要找出父母的过错在哪里,然后给他们定罪。他们确实有罪。他们并不否认。可怜的凡妮莎——她止不住地哭,一旁的美瑞思卡带机的小齿轮咯吱咯吱地转动,而艾伦和凯茜正在努力解释姐妹俩都一样承受了太多。(然而海伦并没有哭,不是吗?)之后,列侬医生单独和凡妮莎进行了四次会诊,结束之后,她把这对可鄙的父母喊进来,向他们解释她无法透露凡妮莎告诉她的任何细节——凡妮莎都告诉了她什么?——不过,她可以告诉他们,在她看来,他们的大女儿非常焦虑并且处于"重度抑郁"之中。治疗师建议凡妮莎用创作的方式写下自己的恐惧和悲伤。艾伦没有提她已经在这么做了……

凡妮莎确实有了好转;变得更加快乐,成绩也有了起色,对严肃哲学的思考帮助她走了出来。高中的最后两年以及在牛津的第一年相对而言很是安宁。(在凡妮莎身上,一切都是相对而言的。)但是后来她又崩溃了——在牛津的最后一年——想把她的"财产"都送给朋友,最后不得不被海伦接回家,那时她称自己被所谓的"恶魔"追赶。她在牛津的时候是故意弄伤自己的吗?她是想要……自杀吗?他不忍心这样想,更不用提说出那个词。他不得不回避这个词,就像不去直视太阳。现在,他觉得也许那时就是这样,因为他回避了那个词,他同样也回避了另外一个词:抑郁症。他一直在回避,到凡妮莎二十来岁的时候,他以为凡妮莎的大部分问题并非慢性痼疾,不过是孤独的缘故。她好像从来没有交过男朋友,而是成天地阅读(他发现,都是一些既晦涩又无益的书)。她从不锻炼,不论是散步还是骑自行车,一次都不去。母亲说如果乔什就是"有缘人",艾伦会怪他把女儿带走,她错了。恰恰相反:他会如释重负地欢迎乔什。他听说她找男朋友的消息,就像别的父母听说孩子找到了新工作或者有了自己的居所一样。事实上,自从六月份她和乔什开始约会,凡妮莎最近几个月都要比从前快乐;今年夏天,她高兴地坐在躺椅上,他认真地回答她的哲学谜语,那时她给自己立了很多新的规划,充满了干劲。他很努力地想把今年夏天的凡妮莎刻在脑海,而不是在十五岁时消失了两天的那个女孩;也不是四年之后差点放弃博士学位并且郑重地表示要在斯基德摩尔学院开一间有机餐厅的女孩;同样不是那个想要拒绝斯基德摩尔学院的助理教授头衔并且辞职回到英格兰的女孩,"毕竟,教哲学课有什么意义?"

他至今仍然清楚地记得,凡妮莎五六岁的时候,有次他们一起散步,路过村子里的中世纪教堂,教堂的塔顶上飘扬着白底红十字的圣乔治旗。在呼啸的北风中,旗面像一名冲锋陷阵的年轻士兵那样猛烈地拍打着旗杆。那一天降了半旗,快乐的小凡妮莎问他这说明什么。有位显赫的人物去世了,他这样回答她。数年之后,当他们再次途经那座教堂,那面旗又回到了杆顶,凡妮莎仰头望了望,然后满意地宣称:"今天没有人去世。"

6

海伦把一切都安排好了。伶牙俐齿、富于幽默且一向高效的她把排得满满当当的行程表发到了他的邮箱。她已经在曼哈顿待了好几天,花着唱片公司的公费。(他想象中是一间提供各种美食、有草原那么大的酒店套房。)他将乘坐从伦敦飞往纽约的英国航班,然后在公园大道上的一家他没听过名字的酒店——和海伦同一家——过夜。第二天,他们将在宾夕法尼亚车站搭乘八点一刻的那趟火车,前往萨拉托加温泉市。海伦只能陪他三天;她的小杰克、小奥利弗还有大汤姆等着她回伦敦。那位大汤姆已经三十七岁了,却还跟家里三岁的双胞胎一样幼稚和自恋。艾伦会在那里待六天。她提醒他带上自己的笔记本电脑、她几个月前给他的褪黑素片,他自己的安眠药以及一副太阳镜("也许听起来不合情理,违反时节,不过等你看到美国的雪地上明晃晃的阳光你就明白了")。他在打包时带上了一本他正在看的讲宇宙大爆炸的书和坎迪斯的两本新书——一本和他同名的男作家写的关于禅宗的书,一本很流行的关于解梦的中国书。中国解梦书的问题是,它分析的梦大多数是跟龙、鸽子、猪这些意象相关,而没有谈梦到别的又如何,比如面孔模糊但诱人的女子,或者凯茜。(不过第二十三页倒有一点用处,告诉他,梦见门意味着他的孩子可能'难以成功'。)

他在纽卡斯尔坐飞机抵达了希思罗机场,在四号航站楼的鱼子酱餐厅用了午餐,这是一间免税的奢华餐厅。整个机场就像一家豪华医院,来往的病人推着他们的医疗器械在明亮的走道里迈着缓慢的步子,看上去既听天由命又心怀希望。他们涌进古驰店和普拉达店采购起飞前的必需品。他点的熏鲑鱼味道很不错。他们懂得伦敦菜的做法,尽管他们喜欢把莳萝芥末酱从一个大的塑料瓶挤到一个碟子里。他第一次吃熏鲑鱼是在三十六岁,所以他现在一点负罪感也没有,他是在弥补之前的缺憾。他惊奇地发现,坐在旁边的那个男人好像在炒一位下属的鱿鱼——用被桑塞尔葡萄酒沁过的温和、同情而真诚的声线,中间还停顿了多次,好把盘子里新鲜的粉色肉片送进他那肥大的嘴里。就像往常碰到这种情形时一样,艾伦凑近了身子细听。如今,人们似乎很享受被偷听,甚至在知道自己可能会被偷听到时,他们会稍稍提高音量。

艾伦其实很兴奋自己能在一个新的国度见到两个女儿;他不得不时刻提醒自己,这不是去度假。死亡让他变成了一个小英格兰主义者:自从凯茜在十二年前去世之后,他只离开过英国几次。凯茜一度非常平稳的病情急转直下,当她最后被癌症击垮时,他人却在国外,他对此一直心怀愧疚。他当时在里斯本享受暖阳,突然海伦一通电话报来消息……无论如何,美国是一个不太可能被他选为家庭度假地的国家。他对美国一直无感。他其实不太理解女儿为什么选择去美国工作或者旅游。他发现,近三十年,这个他土生土长的地方——这个在数世纪里创造了自己的历史和文学并且创下伟大的科学和工业发明的历史记录,更不用提其跌宕的政治历程的岛国——好像一直在温顺地任凭美国人涌入并且用他们的商品占领自己的市场。不可否认,美国的总统大选、音乐、钞票、电影、技术,天哪还有他们的食物,已经构成了新的现实。(没错,不列颠群岛仿佛在海上转了一下方位,像浴缸里的一只儿童玩具船一样,稍稍地但确定无疑地偏离欧洲,转向美国。)对于美国他有一段相当美好的记忆——二十一年前他到美国出差,那是他唯一一次到美国游玩。他在疯狂的纽约城里待了三天,然后在城外一片独特但沉闷的郊区度过了"放松"的一天,从早上九点到晚上六点只能听到工人讲西班牙语和栗子轻轻地掉落到异常开阔和空荡的街道上的声音。那里的人总是祝愿他"今天愉快"(实际上,我另有打算)。他真心地喜欢——并且将其视为美国的一项伟大贡献——"放轻松"这个短语。他听到一名出租车司机这么说,听到一名店员这么说,甚至还从一名空姐口中听到这句话。放轻松!这个善意的祝福绝不会在英国流行起来,那儿的人行道总是积满了冰凉的雨水,每个人都像进修过排队学校,知道如何以一种必要的无奈的服从将排队进行到底。

但是,他不得不承认,自己从没怎么关注过美国。他曾经从某处读到,美国人每天的人均厕纸用量是全球平均数的三倍,这是很有必要知道的信息。它是一个国土广袤、信仰虔诚、总体上非常保守而且缺乏真正意义上的左派传统的国家,那里的停车场比许多的欧洲村庄都要大。而且美国的传染性简直要命!首先是乔治·布什,他宣称自己是"重生基督徒"并且发动了万恶的伊拉克战争,接着是托尼·布莱尔的美式虔诚。

7

两天前大雪覆盖了整个纽约城。这里的寒意很不一样——席卷万物,凛冽彻骨。在肯尼迪机场,他瑟瑟发抖地走向出租车候车点。海伦有没有可能从城里出发到航站楼等他?好吧,这是……没可能的,不过,过海关时他任由自己幻想了几分钟。

寒冷让一切变得僵硬。他被严重冰冻的路况惊到了,小汽车和公共汽车都裹上了一层白盐,仿佛刚从采石场里挖出来,街道上布满了冰雪、盐和垃圾,一眼望去到处都是印满一道道车辙的白色。白色的汽车尾气在空中飘浮,更添了几分极地气候的色彩。但是,这里的人们像身处热带雨林一样大喊大叫。那个高高的黑人小伙看上去像一名警察,他穿着长及脚背的橘色加厚羽绒服,正在冲出租车司机们大喊,他们也对着他喊回去;而乘客也在互相喊叫,因为有投机取巧的人正在插队。现在这个黑人小伙指着他大喊,"第四辆车,第四辆车!"他快速地挤进了一辆大型黄色福特,他们就出发了,这与他二十一年前记忆中的没什么不同。出租车像冲向战场一样飞驰,这台强劲的V8引擎得耗不少油,隔板前倾的变态设计让后座的每位乘客都觉得自己像一只塑料浴缸里的巨人,颠簸不平的街道和破败到可笑的桥梁——新潮的德国汽车在其间穿行——突然之间变得极具未来感和奇异感。这些奢华的新型欧洲汽车像金属蟑螂一样,应该能挺过美国的末日。

这种乘车体验就像被人丢进一场内战的中场,而曼哈顿就是战事的重灾区。

从诺森伯兰郡的静谧石屋一路到此,路途漫长,不过一路上并不枯燥。穿过一条发臭的长隧道,经过几次大颠簸之后,他们突然到了市中心,这里宛如天堂和地狱的结合,是灯火通明的地狱。摩天大楼在车窗外闪过,像成群的羔羊。不过高楼的王朝很快结束了,到了大中央车站南部的公园大道,一种更加友善的城市规划取而代之:他觉得自己在这些低矮的建筑物、住宅街区、美术馆甚至还有一两座教堂中间能够自在地呼吸。实际上,他要入住的酒店就正对着一座教堂,应该是东正教教堂。从出租车上下来,站在公园大道上,他仰头望见了那栋古老而高大的泛美大厦——它现在更名了——就像一座阻拦市中心的狂热潮流流向南方的大坝。

酒店大厅很小,金碧辉煌、舒适且奢华。海伦很会照顾自己——好吧,这是唱片公司为其管理层提供的待遇。他进了自己的房间,然后坐到床上,不过因为走道上太强调设计情调的昏暗的灯和香氛,他费了些劲才找对房间。他要求跟海伦·奎里通话。当然,先生,432号房间的电话占线了。那当然。需要等候十分钟:上个厕所加上喝一瓶小冰箱里的威士忌的时间。就这么着吧。432号房间,请接通一下。仍然占线。于是他决定在昏暗中摸索着走到她的房间。她知道他大概在什么时候入住。他到了四楼,沿着一排如萤火虫般难以辨认的房间号搜寻。最后敲了她的房门——为什么他竟然会感到一丝紧张?

海伦打开门,吻了下他的脸颊,指了指没有挂的听筒并走向它,她站着一手握着听筒一手拿着黑莓手机在查看。她朝他翻了个自我开脱的白眼:都怪这该死的工作。终于见到了她,她看起来状态很好。"好吧,看在上帝的分上,让他把他那些假想的'媒体关系'当作武器利用起来吧!唱片下个月就会发行,我们需要所有能派上用场的东西。是的,他有很多……

好。好滴①。拜拜!"

他不喜欢用"好滴"和"拜拜"。

"爸,你来了……"

"我是乘和你一样的交通工具来的,你知道的。"他的后半句说得近似于他不大喜欢的"你造"②。海伦说话没有口音,但是带着腔调:中上层阶级,不完全是上层阶级,南方的寄宿学校的那种腔调。(如果可以的话,他想称之为酒吧间的上流口音。)不可否认,他给自己的女儿最好的东西是不用考虑社会阶级的资格。现在,她正注视着他,用亲切但犀利的目光打量着他,让他感觉仿佛回到了养老院同母亲待在一起的时候。但是,她同时翻读着自己的黑莓手机,让一切不失得体。

"那件衬衫是新买的吗?"

"你在跟我还是对着手机说话?"他微笑着说。

"抱歉。"

"是新的。怎么,你不喜欢吗?"

"我喜欢。"

事实上,他并不确定自己有没有那么喜欢这件衬

---

① 此处指海伦说话时使用的时髦语。
② 即"你知道",暗示海伦说话时吞音。

衫。他只是觉得有必要显示自己的存在感,掌握主动权——不过,为什么他会这么想呢?

"好的,我们是要去什么地方用晚餐呢,还是要去干吗?"

"我预订了一间离这里两个街区远的餐厅。等我先把这些东西关掉。"她用一个手指飞快而优雅地在手机上敲字,把它扔进自己那只漂亮的芥末色手包里,然后穿到房间另一头——现在,他自然注意到这里比他自己的房间要大许多——走到放笔记本电脑的桌子前。她在桌前蹲下,看起来要对着镜子化妆。又是一阵敲字;她真的很难从手机屏幕上抽身。

他们走到用大理石和黄铜装饰的大厅里,门卫彬彬有礼地把他们送到凛冽的户外。迎面而来的是另一维度的纽约城。这两种极端的转换让他觉得有些好笑:喧哗和寒冷替代了静谧和温暖。一辆消防车在公园大道呼啸而过,像一个发怒的幽灵把它的铁链拖得当啷作响。鸣笛声扭曲着周围的冷空气,旁人根本无法讲话或者思考。海伦挽着他的胳膊,她自有一股令人如沐春风的气质。他这才放松了一些,可能是自从收到乔什的邮件以来的第一次。

"工作还好吗?"他冲她大声喊。她摇了摇头,表示"不太好",或者,更有可能表示的是等他们到了餐厅再聊。她总是能轻松地掌控一切。她每年会来纽约五六次。凡妮莎住在美国,但是在某种程度上,海伦才是更自如地与美国人打交道的那个,她和美国人谈生意,去看新的乐队表演,还去了萨拉托加温泉市两次,是去听大卫·马修斯乐队演奏,这个乐队为她和索尼公司创造了非常可观的收益。她在第六大道上来回驰骋,出入索尼大厦。林肯城市汽车呼啸奔驰,载着她逛遍了纽约,她还在阿马加塞特的一位"传奇"唱片制作人家里过周末,那座宅子配备了两个泳池、一个可停六辆车的车库和一个拥有最全上世纪六十年代东海岸自动点唱机收藏的地下室。他听过一些她的故事;他有一次还见过大卫·马修斯本人,这个举止礼貌、受过良好教育的小伙说起话来还能听到些许约翰内斯堡口音。他很尊重她的成就。他永远也做不来她的这份工作,需要太多社交,离不开恭维、聚会和喝酒。还有什么?对了,还有赌博。房地产是一种更确定和稳妥的赌博,比起在一个摇滚乐队或者一名独唱歌手身上下注,这种赌博也更古板。没达到商业预期的建筑还在那儿;你可以想办法利用它们,低价折本抛售,一边出租一边等市场回转,或者(偷偷地)拿它们作为抵押进行贷款。它们是属于他的,是他建造了它们,就像一砖一瓦地搭起它们,并在中间填充泥浆、砂浆——还有各种破烂和废品——的工人一样,这种所有权是确凿无疑的。每天搭乘观光电梯上下她那座按揭的摩天大楼的海伦,并不拥有那些她捧出来的乐队。至少有三十个"艺术家",凭着索尼或者其旗下的附属品牌给的那一点经费,出过首张专辑,然后……经费都用光了。反响平平,销量不佳——续签无望。其中的一位艺人威利蒂·麦昆——沿着 A68 公路开车去看望母亲的时候,艾伦会听他的歌——如今在伦敦的一所私立女子学校教音乐课。她的学生对她的优秀的首张专辑毫无所知,也不知道她曾经当过一名创作型歌手,海伦称;这是太久远的事情了,就像凡妮莎对她在斯基德摩尔学院的学生感慨的那样,对于现在的孩子们来说,过去不过是你不在场的时候森林里兀自倒下去的一棵树罢了。

8

餐厅里非常热闹,乱哄哄的。服务员的态度很敷衍并且样貌丑得让人不忍直视。很显然,这不是他的错,但是他的丑陋不知怎的像是变成了对他人无礼的武器。他那精心修整过的胡子——可谓脸上的园艺艺术——让海伦想起了她的孩子们在派对上画的可怕的鬼脸:胡乱在脸上涂的狮子鬃毛和老虎胡须,很难擦掉,尽管这些好心的、耐心爆棚的小志愿者声称可以。她对这个地方的喧闹感到恼火(完全是对听力的伤害),还有相当随便、低级的服务。罗杰——她在伦敦的那位周密过人的年轻助手——事先了解过:这是一间新开的餐厅,离酒店很近,它的法国-柬埔寨-美国风味菜的口碑很好。结果,他们还不如就在昏暗的、山洞一样的酒店餐厅里用餐。这正是爸爸讨厌的那种地方——基本上就是一家提供食物的嘈杂的健身馆,里面的所有人都很健壮、年轻,而且最可恶的是,他们的身材都很好。

艾伦的白发亮得很显眼,宛如聚光灯。他看上去疲惫不堪,她心想,不过有可能只是坐飞机和倒时差的缘故。他的外套袖子——有点过长了。我一定要多去看望他。不过,如果要去诺森伯兰郡或糖果园的话就算了。

而他在对她微笑,像是在说:我知道你在想什么,不需要为餐厅感到抱歉,这种事很常见,毕竟,我们是在纽约……

"我们是在纽约!"

"是的,爸爸,这里有些折磨人——抱歉。你都听不到我说的话。"

"你的听力可能被那些音乐会损伤了,但是我的听力倒还是好得很。"他用唇语说:"**我在对你喊叫,你却听不到!**"

"哈哈,很有意思,爸爸。"

他继续说:"**不,我真的在对你喊叫。**"

艾伦的笑话太冗长了,这已经成了他们家的一种传统——就像,她心想,你在早晨摸索着想要去关掉的一只闹钟。

"不,但是说实话"(小睡按键找到了),"我不在乎有些地方听不见。选择性的失聪也许在萨拉托加有用呢?"

"温泉市。萨拉托加温泉市。萨拉托加是另外一个地方。在佛罗里达州,我想。"

"对,我认识这个地名。"

"不过,我们以后再讨论这个,好吗?"

"好。"

服务员来了,端来两碟橄榄油和一些手工面包切片。

"你来纽约干了些什么?"

"噢天哪,太多了,这里忙翻了,一向如此。很多大型会议、公司和法务方面的烂事——美国人很懂得照顾人,他们办事很得体,但是你需要不停地工作,工作,工作。他们喜欢在早上八点开早餐会议!我……我在这里的角色很重要,实际上……"

"我一点都不惊讶。"

"他们对我有点小题大做。"

"什么?"

"他们对我有点小题大做,对我特别周到。"

"嗯,他们应该的,应该的……你真的喜欢纽约吗?"

"唔,我不想在这里生活,如果你指的是这方面的话。"

他其实也不知道他指的是什么,他只是感到想多争辩两句。

"这里的浮华和喧闹。"他补充说。

"你明明说过你喜欢这些!"

"我是说过,但是我总是觉得有东西会砸到我头上。"

"这个季节有时候会掉冰柱。几年前,有个学生被砸死了。哎,我很喜欢这座城市,虽然有了孩子之后没那么喜爱了,我绝对没法想象在这里抚养孩子……他们最近很好,顺便提一下,爸爸!还有汤姆让我问候您……我喜欢这儿,我喜欢美国人在商业上的直率。没有英国人那种烦人的手足无措、借口连篇和没完没了的道歉。钱多废话少:这就是欧洲人来这里工作的原因。不是吗?再说了,索尼曾经一直是很大方的雇主。"

"曾经……?"

和父亲谈到工作的时候,她总是刻意强调商业方面:一大堆会议和交易,总是涉及银行业务和法务。她花大量时间躺在床上,戴耳机听有希望大卖的垃圾唱片。新唱片发行时她格外焦虑,此外还有巨量的组织工作和电子文书——以上我们都可以略过,因为艾伦除了平克·弗洛伊德的几首安静的歌以及伊安·杜利的一首特别怪的歌之外,从来没听过什么当代音乐和她发行的音乐。艾伦觉得她的同事都长得并且表现得像 1971 年孟加拉国义演上的利昂·拉塞尔——白须白发皆长及肩头的怪人。"这些家伙，"有一次，他越过她的肩膀看到一本《旋律制造者》①上有一张像是埃里克·克莱普顿但是又不是他的照片，那人向后仰着头拿着吉他在独奏，"瞧，这不过是男性的露阴癖，一种交媾仪式：他一手握着阴茎"——他指着吉他颈——"另一只手弹着自己的睾丸。"也许这种论调并不新鲜，但是，当它从你爸爸的口中说出，会令你咋舌。艾伦注意到这类事情是在那段时期。凡妮莎——那时戴着副眼镜，蓬头垢面，还带着一点臭味——接受训导的希望落空之后，艾伦把目光转向了海伦，告诉她什么衣服她穿好看，告诉她"当男司机在湍急的车流中停下来让你过马路时，你就知道自己多有魅力了"（这是一个恼人但难以忽视的真相），夸自己泡澡从不超过四分钟，为了满足自己那愚蠢的男性虚荣心……奇怪的是，尽管他有时会显得像一个令人讨厌的男性和自私的烂人，但他的本性并不是这样。那些时刻，他像是扮演起了男性家长的角色，好像是有人付钱让他表演。但是后来她明白了为什么：不久前母亲搬去和讨厌的帕特里克·尼达姆一起住，父亲

---

① 《旋律制造者》(*Melody Maker*)，英国著名音乐周报。

仍然很生气而且极度缺乏安全感,他的伤还没好……

服务员听他们点完菜,并且夸赞了他们的不凡品味:"很棒的选择。"说"女士"这个词的时候,他用的是法语发音。

"噢,我来鉴定是不是这样。"趁着服务员刚走,艾伦说。

"鉴定什么?"

"我是不是做了很棒的选择。"

"这是美国人身上的一种奇怪的癖好——已经传染到了伦敦。你现在无论干什么都有人夸。过生日或者点菜,或者大学毕业,或者只是在一间商店购买了一件很贵的东西。"

他们开始用餐了。

"尽管如此,我还是忍不住地想,"海伦说,"他对每个人都这么说吗,要是桌上有六个人呢?我的意思是,我们不可能所有人都做出同样好的选择,对吗?"

"听起来像是哲学家应该思考的问题。"

他们俩面面相觑。这不是适合谈论凡妮莎的地方,她心想,因为餐厅里播放着一段——她听过但是想不起名字的——喧闹的音乐。

再等等吧,艾伦心想——那场对话。老天,他已经很累了。

9

　　他和海伦道了晚安,现在还没有睡意,光着上半身躺在酒店里自己的床上。每次和一个女儿见面之后,艾伦总是有一种强烈的冲动——他想立刻把他的发现告诉另外一个女儿。海伦和凡妮莎,凡妮莎和海伦……那么,他现在想对凡妮莎说些什么?海伦好像很疲惫,工作太劳累,却不太想回汤姆身边;由于某种原因——尽管她的薪资应该很优渥才对——她有金钱方面的担忧,但是隐藏得很好;索尼好像发生了什么怪事(感谢海伦,她在晚餐的时候不知怎的没有再提起这件事);她为挑错了餐厅而自责,又没法真正认错(其实,他是很乐意"原谅"她的这个错误的)。他不会告诉凡妮莎,男人们——有些男人,或者更确切地说,某些年纪的男人——会回头多看海伦两眼,他并不介意被误认为年长她很多的邋遢丈夫或者男友。

　　他瞥了一眼自己宽大的脚:两只脚的小脚趾都不太正常,有天生的缺陷,好像被压扁了,稍稍有些变形,像是被赶去集市的一只小猪碾过……诺森伯兰郡现在是凌晨四点,即使是对失眠的坎迪斯来说也太早了。他对着那台巨大得吓人的电视——像一张直立的桌子一样挂在墙上,这是每个人都受到热情款待的地方——用不那么灵活的指头戳着遥控器的按键。画面的色彩比英国电视更加鲜艳——屏幕的亮度让他想到阿拉伯地区的耀眼光线(一位皮肤粗糙的男子和一位美丽的女子坐在一张新闻播报台前,他们身后是对比强烈的红色和蓝色图案,在屏幕底部滚动的新闻字幕挡住了女子的胸部)。他飞快地切换了几个频道。美国电视播放的好像全是当地新闻节目,主持人不停地预告未来的天气。他们很显然比英国人更加执著于天气。他尝试找到实时的天气预报,试了几次最后放弃了,调成静音之后就躺下了——一手握着一瓶苏格兰威士忌,一手拿着一本讲佛教禅宗的书。

10

昨晚他睡得很不好——空调时不时喷出一阵暖气,而且毫无规律,卡车好像一整晚都在他的窗外收集垃圾——但是,当他在早餐时见到海伦,便感到异常地神清气爽。她坐在那儿,就像往常在家时那样,自然什么也没吃,喝着放糖的黑咖啡,直挺挺地坐在椅子上,端庄从容,一丝不苟——他是多么爱她:她那略显厚实的肩膀(遗传了凯茜),她那修长的鼻子(像他),她的嘴角浮现出的愉悦(像他母亲擅长做的嘲讽的鬼脸),还有像凯茜的薄嘴唇。他甚至还爱她的不耐烦,这太熟悉不过了。他总会说,就像现在这样,"我觉得,我们有很多时间,不用着急。"而她会说,就像现在这样,"我才没说过我着急。"

每次见到女儿,他总会感受到自己极度渴求她们的陪伴,这种渴求太容易被满足了,以至于他又一次讶异自己为什么不多见见她们。家有这样的魔力——它可以消除你的所有杂念、欲望和不满;也许,正如他担心的那样,说明了这是一种让人着迷的狂热。如果你臣服于它的羁绊,你就会无心工作、一事无成。家庭之外还要兼顾公司——可怜的孩子们小时候最常听到的词应该就是"公司"了。碰到这个词,她们就要轻手轻脚地绕过去,就像从一间病房紧掩的门前走过一样。我所做的一切都是为了公司!如果公司倒了,一切也就完了!听着,我开了一家该死的公司,这一点都不简单!

"你是不是想说你睡得很不好。屋里太热了,又不能开窗,垃圾车在凌晨四点停在窗边像炸弹一样响。"海伦的蓝眼睛里又露出愉悦的神情。

"实际上,一点也不坏。我睡得很好。"

"好吧,我睡得太差了。我听汤姆说,今天早上双胞胎都患了重感冒。"

"哦天哪——这真令人难过……不过,你现在不回去吧?"他的语气里带着一丝恳求,他没法一个人去见凡妮莎。

"当然不会。让汤姆自己应付一次吧。别担心:我一周都会在这儿,就像之前说好的那样。"

他们从酒店里走出来——今天没有那么出奇地冷,不过他还是需要戴上羊毛帽子。他们拖着小拉杆箱,人行道上的粗砺的塑胶颗粒也在制造噪声,惹得纽约的行人频频注目,不过他们丝毫没有让路的意思。他们的说话声在呼出的蒸汽里消散。

他走得比本想的要快一点。和海伦并排走时,他常常觉得自己在奋力跟上一位高大女子大步流星的步伐。在车站入口——一片嘈杂,他又听到了那无谓的美国式的号叫——她挽着他的胳膊,轻柔地把他带到扶梯上,他们下了一层楼,这里看上去像是不景气的地下商场:一间脏乱的药店(这在欧洲会显得很矛盾),一间名叫卡卡圈坊的甜甜圈连锁店,一间停业了的史泰博,空气中充斥着很浓的肉桂、奶酪和……呕吐物的味道。一辆慢车应该已经到站了,逆向通勤的人流霎时裹挟着他和海伦,无数的普通民众迎面走来,他们之中的很多人按自己的节奏——从耳塞式和头戴式耳机来看——迈着步子。地面仿佛在晃动,他很高兴地加入了乖乖排队的人群,准备搭乘开往奥尔巴尼和萨拉托加温泉市的"阿迪朗达克号"火车。

"爸爸,你不会没坐过美国火车吧?"

"被你说中了。"

"哦,记得系好你的安全带。"

接着,他们又乘狭窄的扶梯下楼,在站台上他们登上了一截车厢,火车的设计风格颇具未来感,就像他曾经爱看的儿童漫画中的那样：银色横纹钢板车身，像一艘横卧的火箭，车窗出于安全考量设计得很小，车轮很大。火车头是笨重的老式发动机驱动。你需要踢一下弹簧式的开关，才能打开沉甸甸的车厢门。车厢很宽敞，车内材质是塑料与织物，呈现秋日颜色：棕色和橘色。座位是英国火车里的两倍宽。热气从咯咯作响的像塑料下水管似的圆形排气口里喷薄而出。火车出发了，之后停了一次。再次出发时，火车猛地加速，仿佛要把他们甩到黑乎乎的隧道里。他们正在以一辆在乡间轨道上行驶的老式英国蒸汽火车的速度前进。1951年，他和父母做过一次愉快的伦敦之行，这是他第一次去伦敦——去看不列颠节大展——他们乘坐的那辆蒸汽火车的时速达到了九十英里……当时他十二岁，穿着灰色短裤……他穿的是校服，因为他的其他衣服都太旧了，而且家里没有钱给他添一件新外套。他并不感到难为情，事实上他很自豪，看起来仿佛他要去伦敦领取什么奖或者奖学金，校服是很尊贵的（胸前口袋上用银线绣着一枚圣卡斯伯特的十字架）。穿上它让他觉得自己是一位小勋爵。他的举手投足之间也有了这份尊贵感。他的父母常常给他讲丹叔叔（他的家族里唯一一位在他之前发家致富的人）曾带他到杜伦的皇家郡酒店喝高级下午茶的往事。那是一间奢华的酒店。小艾伦穿的是自己的校服;他用王子般的架势将自己的校帽递给看门人;看门人也许只比他大十岁,毕恭毕敬地接过帽子,并且一直照看着它直到他们用完茶……在伦敦,没人会注意到这位穿校服的小男孩。但是这并不要紧,毕竟他去过不列颠节的现场。场地在河的南岸。泰晤士河就在附近,在历史的厚重感下沉淀成缓缓流淌的棕色,另一边,巨大的展厅俯瞰着它,像是在对垒;毕竟不列颠节代表的是未来!他这个年纪的小男孩都直奔科技馆,那里陈列着二十世纪五十年代风格的机器人,它们会在巨大的展厅里咔咔地走动,你可以把头探进德·哈维兰"吸血鬼"战斗机的喷气发动机(英国人弗兰克·惠特尔发明的)里,这架英国皇家空军喷气式战斗机发明得太迟了,没能在战争中派上用场。还有展台陈列着两栖汽车、电动车、新型的直升机和一种能像直升机一样垂直起飞和降落的飞机。令他激动不已的是,一位身穿白色外套的工程师挑中了艾伦和另一位男孩参加了不起的雷达游戏。在一间暗室里,两个男孩有机会看到满是移动的点的屏幕,这是在模仿空袭期间的一个寻常的夜晚,这些点代表的是德国轰炸机。只需按下按键,两个男孩便把每架飞机像泥鸽一样射毁,保卫了伦敦。在这些奇遇之后(此外还包括一场无聊的英国花园历史展,为了母亲他才耐下性子逛了半天——不过如今园艺成了他的一大爱好……),他在旋转餐厅享用了隆重的下午茶,餐厅可以每小时360度旋转,并且用上千张留声机唱片装饰。

尽管时光荏苒,他还是可以看到那些旧场景就浮现在眼前:人人都穿着棕色、黑色和灰色的衣服。那时,人与人之间的类同比今天更甚。男人们都穿着高腰的灰色宽松裤子,喜欢将手揣进兜里并且挺着腰——有一点女性化,他现在心想。所有人都更加谦逊——无论是言语表达还是个人期盼方面。食物还是定量配给的:他记得两三年后的一天,丹叔叔从口袋里拿出一样东西然后对他说,"你认得这些东西吗?"艾伦茫然地盯着这一捧表面坑坑洼洼且不规则的沙色小鹅卵石摇了摇头。丹叔叔得意地大笑,"这是花生。"从伦敦展览回来的路上他很饿,可是没有吃的东西。那饥饿的感觉,他至今还记得。像出发时那样,蒸汽火车跑得出奇地快,在秀丽的乡间风驰电掣。

"它还可以跑得更快一点吗?"他们已经离开了纽约,从窗外可以看到,树木掩映下的哈德孙河波光熠熠。

"不太能够……不过,你几乎不会遇上在欧洲发生的那种重大事故。我其实挺怕这里的火车加快速度的！旅途漫漫可以让你完成很多工作。"

"好吧,我不打扰你了。"既然她已经拿出了她的笔记本电脑。他知道自己比不过一个电子屏幕。

"你也有事情要处理吗？"她问。

"没有要紧的事。我想找个机会谈谈凡妮莎的事。"听起来比他设想的要更加正式。

"当然,"她用一副公事公办的口吻说,好像这是无法避免的、相当卖力不讨好的任务,"我们现在就可以谈,这样我们可以为接下来的几天做一些打算。"

"希望我们并不需要做什么打算,"他是这么说,但想着可能确实需要做点儿打算,"没有那么糟糕,对吗？"

"我也不知道。不过,这么说吧,我们都不认识乔什,尽管像这样的事,这些年我们也经历过不少了。"她平静地瞥了一眼电脑屏幕。

"她只是现在需要我们,所以我们来了。"

"哦,爸爸,但愿事情只是这么简单！"

"我没有说这件事简单。天哪,你也不容易。"

"不过,你还记得第一次'发作'吗？她逃学的那次？那是你们离婚后凡妮莎的延迟反应。我们现在可以看明白了。没错,那段时期对每个人来说都很煎熬,但是为什么她的应对方式完全和你我的不同呢?我们继续把日子过下去。她却崩溃了——那个时候,她动不动就抨击我,好像我是罪魁祸首似的。"

"不过,也许因为悲痛,她的理性的一面崩坏了?"

"哦,这样的话,她应该向你或者妈妈发泄,而不是对我。"她的目光又落到屏幕上;她的手指悬在键盘上方,像一名准备表演的钢琴家。在她说"向你或者妈妈"的时候,艾伦感到很受伤。出走的是凯茜,出轨的也是凯茜,是凯茜抛弃了他和两个年幼的女儿。

冷静下来之后,他开始思考,海伦的生气里有没有表演的成分。用恼怒的语气说话是因为海伦觉得自己应该让人听出她的恼怒。一直以来,姐妹俩是一种闭环的关系:海伦喜欢行动,而凡妮莎喜欢思考。实际上,艾伦知道,海伦很温柔、大度甚至多愁善感。在第一次"发作"期间,凡妮莎从什罗普郡的寄宿学校逃学了。艾伦接到一通电话,是凡妮莎的女舍监——严厉的普拉默小姐打来的,她是一名古典学者,她的名字恰好是雅典娜。有一次艾伦问她,在一所现代英国女子学校学习古希腊文的意义何在,她坚定地说,"意义?意义当然是读希罗多德的古希腊文原版!"雅典娜·普拉默说凡妮莎失踪了八个小时。如果她在晚上七点还不出现,学校就会报警。普拉默小姐猜想,凡妮莎应该是往北去了,回了她父母家。艾伦不忍心告诉这个天真的女人,家可能是凡妮莎在这个世上最不愿意回的地方。凡妮莎乘了一辆公共汽车到布里斯托尔,投奔一名毕业了一年、现在在上大学的学姐;她在那名学姐的宿舍地板上睡了几个晚上。是十三岁的早慧的海伦说服了凡妮莎返校;当女舍监要决定凡妮莎的去留时——那时她在学校的处境不仅因为逃学而变得岌岌可危,更是由于——这说起来算是污点——她好像把一位女生的手提收音机随身带走了,是海伦把家里的打字机搬到自己的卧室,私下给女舍监写了一封真挚的信,交代了家里的情况、她父母的分居和离异、凡妮莎的悲伤和恼怒,以及海伦自己有几次是如何地也想逃跑。海伦不知道她父亲看过这封信,是学校的女舍监寄给他的,还附上一张纸条称信写得很"出色"。文笔也同样"出色"。艾伦在读这封信的时候一直在努力地控制自己的情绪。

"这些都是往事了,"他平静地说,"都过了那么久。我们到了萨拉托加温泉市该做什么?我是说,你觉得她的情况有多……糟糕?"

"有多糟糕?我已经对评估凡妮莎的崩溃程度、分析'恶魔'的杀伤力烦透了,你知道吗?就她的每一次崩溃表演发表观后感。能不能有一次行行好,别让我当观众?"

他默不作声,只是闭上了眼睛,她拉住他的手,握着他的中指。

"那么,我为什么来这儿?你肯定在想这个。我很抱歉……但是,你知道——根据牛顿定律,每个行为都有一个反作用……瞧,是我把邮件转发给你的。所以咱们俩就都来了。"

"乔什在说凡妮莎的'往事'的时候,他指的是什么?你觉得她把一切都告诉他了吗——故事的所有始末?"

"爸爸,别担心,你不会受监视!主角不是你。"

"楼梯上发生了什么?是一个意外吗?我应该写信问乔什的。"

"我不确定,但是,我觉得听上去像是凡妮莎的表演。"海伦说。

"看在上帝的分上,凡妮莎这些年虽然是'震惊'了我们,但是我认为,我这个女儿总不会是他妈的突发奇想地摔下楼的吧。"

"喂,爸爸,我知道你很生气。"

"我没有生气。"

"好的,你要这样说的话……我不知道这是不是单纯的意外。不过我知道最近几个月发生的事足够让凡妮莎的第一个男友心有余悸好几年了。真的会这样吗？这是我来这儿的原因。我们能做的是不要害怕或者生气，并且找出背后或深层的原因。"

"有你在这儿真是太好了。"他说。她仍然握着他的手指，这种忘乎所以对他而言是很可爱的孩子气。她又抽开了手，并转过身去。

"你知道我两年前几乎要和汤姆分开了吗？几乎要带着双胞胎搬走？"

"我当然不知道。我怎么，如果你——"

"反正我现在告诉你了，也就……只是说说而已。现在你知道了。"

"好的。你想通过这个告诉我什么？发生了什么？"

"没什么，因为这并没有发生。我本可以制造一出该死的精彩大戏。"

"求你不要。"他斩钉截铁地说，好像她是一个要弄坏易碎品的小孩。看他板起脸、一脸惊惧，她不由得笑了起来，他也忍不住地报之以略带狐疑的微笑。

"我不会的，因为我们重归于好了，用俗话说。我并不想拆散这个家。"许久的停顿过后，她说，"不管怎么说，我想离开的不是汤姆，而是索尼。"

"索尼？"

"说来话长。我不想让你听得心烦。"

"不会,继续说吧。"

"好的:我想自己开公司。就像你一样。还记得我和安迪·法韦尔的那次口角吗?"

"安迪……?"

"对,爸爸,安迪——你到底有没有在听我说话?安迪·法韦尔,我在伦敦的直属上司。"

"哦,有,好的。"对他来说,她的同事是他分辨不清的特定的一类人。

"嗯,我那次险些辞职,你还记得吗?那个周一的早晨我去上班,我发现我花了好几周制作的那份细致的简报,里面写到对音乐产业未来的构想——实际上是非常重要的东西,但是他们没精打采地高谈'未来十年的策略'和'规划企业发展的新方向'",叽里呱啦个没完——我发现安迪把我的简报束之高阁了,把它看得一文不值。不过这还不算什么,相比之后发生的事。那一周,他指派了一个他打壁球认识的市场部的讨厌鬼给他写了一份新报告,这个家伙对音乐的未来发展根本一无所知!"

"我记得,当然记得。"

"索尼的员工对未来音乐的图景毫不关心。他们就像总落后半拍的鼓手一样。你明白我的意思吗?

应该给他们装一个企业节拍器那样的东西……人们仍然在购买音乐内容,但是他们会逐渐地走向租赁的形式,而非购买。明白吗?"她从手包里掏出一本平装书,向他展示了书的封面:《音乐的未来》。"我认为,这个作者说的几乎每句话都很有道理。"

当海伦说"我觉得这个作者说的几乎每句话都很有道理"时,她脸上真挚、坦率的神情打动了他:他仿佛看到了小时候和凡妮莎争论上帝和撒切尔夫人话题的她。

"哦,好吧。"他现在非常专注,他们在同一频道上坦诚地谈论着正事。"不过,如果没人购买的话,你靠音乐怎么挣钱? 我不想用'盈利模式'这种老套的词。"

"我真的喜欢租赁歌曲的概念,"她接着往下说,暂时忽视了他的提问,不过他知道,她最终会以细腻、机智的方式绕回到这个话题上,"因为这是我们年轻时一心想做的事。那一大盒旧到发霉的黑胶唱片到底有什么用? 半张唱片只有一首可以入耳的歌。琼·阿马特雷丁的几首非常冷门的歌……《福音》——还记得你给我那张唱片吗,爸爸? 在凡妮莎和我看完那个电影之后。不过,话说回来,商业模式还不确定:如何通过租赁挣钱? 公共图书馆也没怎么把这个弄明白,不是吗?"

"我觉得你需要两样东西:你需要足够的租赁者,这样每笔小额的费用才能积累到可观的数目。第二,这意味着他们只是名义上的租赁者。他们实际上就是购买者,只不过他们的花销很小,所以他们把自己看作租赁者。而且他们会持续地付费,只要有新的单曲发行。实际上,这是一个圈套。"

"没错,对极了——你很懂嘛!嘿,如果你愿意的话,你可以加入我的创业项目。"

"你在开玩笑吧。"

"不全然。并没有。"

他很激动,甚至有些受宠若惊。这是她第一次在事业上寻求他的意见或帮助。平常她只是用一种流畅但难解的代码向他陈述——节拍音轨、追加酬金、压片、艺人经纪部门、独家灌录权许可等等。(他近些年一直在借助谷歌暗自破译这种代码。)他自然会以某种方式参与。如果她指的不是资金方面的话。

"还有,我不是想要钱。你大可放心。我不需要资金方面的帮助。"

"我没这么想。"

11

又一次,像在希思罗机场的那天一样,他莫名地觉得自己在刻意提醒自己,这是需要担忧的情形,而且这次是和女儿们的不寻常的冒险,所以这趟旅程并不轻松。上一次和海伦一起搭火车是什么时候?以后再也没有这种机会了。美国比他所想的要更加特别和陌生,让他的感官变得更加敏锐了。这是充满了矛盾的国度:每一种限制,都对应一种扩张,每一次挫败,都对应一次解脱。火车慢得可笑,以将近六十英里的时速缓缓移动。宾夕法尼亚车站是州府的一大尴尬。确切地说,是大都会的尴尬。不过,这趟旅程很美妙……让人感到一种开拓精神——辽阔的哈德孙河上漂浮的冰块犹如浸泡在水里的断裂的人行道;森林茂密、绵延不断,山谷中满是军事要塞、发电站和住宅,这些住宅见缝插针地建在开阔的冰崖上,火车站与欧洲的大不相同,像冒险家的小屋——偏僻无人,也没有正规的站台,站名很是古怪……波基普西、扬克斯、斯克内克塔迪；火车行驶在高高的轨道上，大车轮把车轨摩得光亮，驾驶员拉响孩子气的不成调的汽笛声。

为什么他总是鸣笛？也许是因为喜欢？或者，这种孩子气的口琴声、破裂的高音喇叭声让他想起了自己的青春？这让艾伦想起一次圣诞节，他把一支从圣诞礼盒里拿出的口琴吹得满是口水。不过，还有些时候，汽笛声听起来就像大草原里的一种动物发出的一声悠长的嚎叫。这种声音——它所回荡的余音——对他来说就是美国之声，他没法用确切的字眼来形容"美国"，这声音是最合适的。至少，他可以看看凡妮莎在这儿过着怎样的生活，她的美国生活。

"给我讲讲你所知道的乔什，好吗？"他询问道。"我是说，讲些具体的例子。"

"凡妮莎没怎么提起过他，不是吗？我不知道他是教哲学还是在星巴克工作。或者两个都干。说实话，我的确知道。他在给一些杂志和公司撰写科技类的稿件。"

"我也知道。在我看来，这应该算不上一份工作。乔什是约书亚的小名，对吗？"

"拜托，爸爸，你以为呢？当然是啦。他比她要小很多。"

"啊,多么不像话……"

"噢,这也许是一个问题。"

"好像你希望这是一个问题。"

"一点儿也不。"

说句公道话,海伦的确了解年龄差异意味着什么。在嫁给汤姆之前,她和一位已快过中年的男子同居过三年,不过活跃在音乐行业的他完全看不出是这个年纪——他穿着牛仔裤和运动鞋到处跑,甚至在参加婚礼时也是这一身打扮,而且留着很显年轻的发型。他喜欢收集低音吉他,而且,据海伦说,每天要服二十四粒药丸,各式各样没用的补剂。艾伦相当不信任他。艾伦至今都不用定期服什么药。

"我想去餐车转转。需要给你带什么吗?"

海伦明白无误地表示自己绝不会碰美铁餐车里的任何食物和饮品,除了瓶装水外。

"我主要是想把车厢的开门按键都踢一遍。"他笑着说。

他站起身,他那双黑色牛津鞋迫不及待要踢按键了。她多看了一眼他的过长的衬衣袖子,他穿得多么正式。上好的外套,笔挺的黑裤子和白衬衫。他温文尔雅,由于身材瘦削而散发着一种干练的优雅,就像查理·沃茨——都具有矿工似的窄而结实的身形,肌腱发达。肌肉和骨骼犹如滑轮和绳索。身强力壮,耐力惊人。他的身体比精神更硬朗,精神方面,则宽宏大量。在车厢的尽头,他略带夸张地停住,回头看了她一眼,然后猛地踢了一下金属门底部的黑色硬垫,仿佛把它当作了一只足球。车门没有任何反应。他看起来就像一位变老了的哑剧艺术家(不过,所有伟大的哑剧艺术家不都会变老吗?)。他没有踢中。他又踢了一脚,随后消失在前面一截车厢里。

她的生活已经步入了这样的阶段:她希望她的孩子和父亲都不要变老。她需要他留在原地,不要渐渐消逝。也许,这种对静止的渴望就是初老的特征,不过,她才中年而已,不是吗?可是,为什么汤姆在她的想象图景、她的长卷里缺席了?一直只有她和双胞胎;甚至在那些频繁到令人绝望的噩梦里,当她在睡梦中和拿着利刃的男子搏斗而后从着火的酒店里破窗而逃的时候,汤姆却奇怪地总是不在场。为什么?因为她是在一个单亲家庭里长大的,所以她认为这样是正常的?这并不正常。她可以看到自己坐在暖和的汽车后座上,她的裙子和座椅是同一个色系,而她的父母坐在前座,按照习惯:妈妈坐在副驾驶座,拿着一份地图或大声念着报纸上的新闻,爸爸则负责开车,手握方向盘,后颈上满是汗,他有一个有意思的习惯:每次换挡的时候,他会把裤腿膝盖的地方整理一下。

他们那一截车厢的对面坐着一对年轻的夫妇,这对夫妇长相普通,但是焕发着青春的迷人光彩。海伦忍不住一直盯着他们看。如果她能对父亲倾诉一切的话,她会告诉他,她之所以迫切地想离开索尼(除了索尼那群混蛋不再需要或者重视她了这个重要的事实之外)很大程度上是因为孩子。她不太能忍受通勤,把大量时间花在和人讲废话上,那些人要么没有孩子,要么不在乎她有孩子。有些家伙——一般都是男的——故意在下午六点半的时候把会议拖长,这样他们就不用回家了;但是,这个时候她却有种强烈到切肤的需求,想要和孩子们在一起。有时候,她希望自己有两条命,一条紧接着一条——一种完全献给工作的生活,接着是一种完全专注于育儿的生活。这两者太难以兼顾了。

冬日的阳光在她的左手上投下一道摇曳的光斑,状如一枚白色的匕首,匕首划过她手上的脉络和婚戒——成年人的象征,然后掠过她父亲的《纽约时报》,接着在她摆好虚拟单人跳棋的笔记本电脑屏幕上停留了一小会儿。他们快到奥尔巴尼了,火车慢了下来,窗外是美国的城市废墟——一间汽修店;一间用红砖砌成的仓库,窗玻璃被打破了而且脏兮兮的,墙上画着胖乎乎、灰突突、面包一样的涂鸦字;一块有序地停着新汽车的停车场;一间平顶的商场,以及一所新得诡异的中学。她想回家。但是瞧瞧这里的光线:她喜欢美国天空的澄澈和湛蓝,多么治愈呀!天空蔚蓝时,我们都能感受到馈赠……这是最伟大、最忧伤的歌①之一。她的父亲回来了,笨拙地拿着一只不结实的硬纸箱。他貌似把餐车里所有东西都拿来了:一袋多力多滋,一大杯咖啡,一瓶饮用水以及好几种所谓的丹麦面包。她能透过透明塑料包装看见里面流淌的糖浆。

"你真的入乡随俗了。"她说,"车厢门怎么样了?"

"我踢得越来越准了。"

她合上笔记本,不太希望让他看到自己是怎么浪费时间的。

"我们快到奥尔巴尼了,留给我们的时间不多了。快吃吧!这看上去真叫人反胃。"

---

① 英国朋克摇滚歌手伊安·杜利(Ian Dury,1942—2000)的歌《一瞥而过》("You'll See Glimpses")。

12

她的一只胳膊骨折了。凡妮莎走出房子,小心地逐级而下,走到出租车旁迎接他们,她的右手臂打着松绿色的石膏。她怎么能不告诉他?

一见到大女儿,艾伦顿时打消了询问她抑郁状况的念头,他只觉得无比绝望。他讲不出一句安抚的话。不过,她看起来状态出人意料地好,变瘦了一些。她那头漂亮的黑发没有像近些年那样绾成丸子头,而是蓬松地垂在颈间。她穿着紧身牛仔裤,和往常有些不同:没戴眼镜。她是将它放在屋里了,还是她现在开始戴起了隐形眼镜?她那可爱的脸庞。他吻了她的脸,拥抱了一下,然后,在她伸手搂住妹妹的时候,他开口了,"发生了什么?胳膊怎么了?"

凡妮莎却以一种非常符合她作风的方式,煞有介事地问海伦,他们有没有给出租车司机足够多的小费。"我们给了很多。"他说,为这样的开场白而气恼。他从出租车的后备厢里提出行李箱,就像在肯尼迪机场的伙计做的那样：使劲地拍一下车屁股，车就出发了。他没有如愿，司机正在读一份报纸，并不着急赶路。"他怎么还不走开？"艾伦嘀咕道。凡妮莎开始露出惶恐的神情，只要嗅到冲突的气氛她就会这样，特别是当父亲开始发火时；而海伦，看到这副情形，自己接过行李箱，并把它们都推进了屋内。不过，能从她身上看出一丝嘲讽和冷漠。

凡妮莎的房子位于一座平缓的山丘顶上，挨着大学校园，算是在萨拉托加温泉市边缘的富人区。这里差不多是乡下，可以肯定的是，比他想象的要更加田园。房子四周有大块的荒地、被雪覆盖的参差不齐的枯草和光秃秃的参天的枫树。这个地方有一种宜人的破旧感。房子也许是维多利亚式的，墙壁覆盖着象灰色长条木壁板，高高的旧窗户让他立刻想起了未婚姑妈的窗户（不光滑的玻璃后面偶尔闪过一张威严、迟暮的脸，朦胧的烛光透出冬日的户外），宽敞的前廊里摆放着两把白色摇椅，因为天冷所以荒废了，只能指望天气变暖再用。楼梯正在腐烂，有几颗钉子冒了出来。看来，乔什不擅长做杂活。给艾伦一把好用的锤子，他用半个钟头就可以修理好。

屋子很宽敞，布置得很随意和简约。他想端详一下墙上的画（几张貌似挺厉害的抽象画，还有一幅是粉紫色背景上画着一个缠头巾的印度人),仔细瞧一眼搭在沙发和袖珍三脚钢琴上的鲜艳织物(那架钢琴,考虑到凡妮莎年轻时的爱好,应该不稀奇,但他还是颇为惊讶),还有地毯和藏书——书堆得到处都是,似乎在疯狂致敬"智性生活"。他想要搞点小破坏,以示鄙视。她绝对没把它们全部看完吧?不过,这里莫名地让人觉得舒适和自在,他也欣赏这一点。那么,这就是她的生活了!这是她阅读、写东西(或没写出来)和弹钢琴的地方。过去,凯茜和他常常嘲笑重复的练习,每天面对那几个一成不变的木头键,身形纤长的凡妮莎背对着房门,莫扎特和布尔格缪勒的曲子在屋子的各个角落回荡,甚至能飘进楼上的浴室里。

过了一分钟,他才走进厨房,海伦在那里高声快语,凡妮莎在用那只正常的胳膊搅拌锅里的东西。和往常一样,海伦的语气里透露着自信,但是艾伦知道,她在紧张的时候讲话会更大声、更用力,而且他很确信的是,凡妮莎也知道这一点。大家都这么紧张,可真无趣。

"这看起来很不方便,不能让海伦替你吗?胳膊怎么了?"

"我刚刚也这么说,她不让。"

他很想再次伸手触碰凡妮莎。昨晚他去海伦房间找她时,他们没有拥抱,连轻吻一下脸颊也没有。当然,黑莓手机要负一定的责任。

"我从你刚刚走上来的台阶上摔下去了。就在圣诞节前下初雪的时候,这真是个漫长的冬天。好消息是,我下周就可以拆掉石膏了。"

"只是这样吗?"

凡妮莎没有回答,不过搅拌的手略微慢了下来,用温柔、几近怜悯的神情望着他。有那么离奇的一瞬,事情错位了:本该是他来保护她——在她需要的时候,而不是反过来。

"哦,台阶需要修缮了。这些木板快散掉了,也许因为这样你才摔倒。钉子冒出来了,我进门时就发现了……我很喜欢这个房子,顺便说一下! 你布置得真好。不过保养得太糟糕了。首先,窗户都是破旧的。"

"爸爸,这栋房子有一百二十年的历史了,放在美国的住房里来看是相当长的寿命。给我讲讲纽约呗——昨晚你们过得怎么样,酒店还有来这里的路上都发生了什么。好不好?"

"火车外面的风景很美。你说说,'上州'这个词到底指的什么。我们现在是在'上州'吗?"艾伦问道。

"很简单,"凡妮莎说,"严格来说,它指的是纽约城以北的纽约州——在州的上边,就像河的上游。相对应的是下游。实际上,它指的更为具体,一般指北部的纽约州。没错,我们现在就在这里。"

"哈德孙河真是一条了不起的河。"他补充道,说这话时努力加上了美式鼻音。

"和美国的河相比,英国的河看上去就像小溪。我喜欢这里的河。"

"爸爸不听我的建议吃了美铁餐车上的食物,"海伦说,"现在完全对多力多滋上瘾了。"

"明智之举。"

"纽约对我来说还是像往常那样繁忙。"海伦站在凡妮莎旁边看起来非常精致和时尚。"无聊的会议、一大堆乏味的工作、各种噪声。我累坏了。"她总结道,也许比她设想的要更为浮夸。艾伦想提她在火车上对他讲的关于离开索尼的话,但是忍住了。也许,她不希望凡妮莎知道。

"欢迎你们,舟车劳顿,"凡妮莎平静地说,"来到世界闻名的萨拉托加温泉市疗养院。现在可以享用午餐了。"

"乔什人呢?"他问。

"他在纽约——为一篇文章做调研。他明天才回来。他让我向你们转达歉意。他很希望能见到你们俩。当然,他对你们一点也不了解。"熟悉的凡妮莎又回来了,她的幽默感像极了她妹妹,以至于多年前吃晚餐时,假使你闭上眼睛,你没法把她们辨别出来——她们互相抛出笑话,互相挖苦或互相讨好,互为同盟但又彼此独立。现在,他们坐在凡妮莎的大松木桌子前吃这顿迟到的午餐。从通风良好的高大窗户向外看去,到处白雪皑皑,透着寒意。不过,云压得很低。他看着两个长大的聪颖过人的女儿相互靠近又抽离,犹如两块摆动的磁铁:海伦显然要更加自信、性急、伶牙俐齿、优雅端庄,但有些乖戾,她仿佛是凡妮莎必须服下的药;凡妮莎则更加文静、温和,一头乌黑的长发,一双微眯着的眸子,但无论说话还是思考都会斟字酌句,并且,至少在他看来,和她那明显更加咄咄逼人的妹妹一样难以对付。他和凯茜是怎么生出这两个女儿的?

海伦在聊汤姆和双胞胎——汤姆没怎么分担过家务,她下班到家时已经累坏了,剩余的时间太少,恼人的是,保姆没把孩子的餐具收拾好或者没准备晚饭,竟然只是蹲在地上,好像她心甘情愿地去屈就孩子的身高就豁免了她作为成年人的职责似的。和往常一样,又是一顿抱怨,仿佛这都是他或凡妮莎的错。实际上,艾伦没那么关心汤姆的事,从一开始就觉得他有点不可靠,汤姆很快打破了他视为金科玉律的

"男性准则"：当有人讲笑话或者趣事的时候，他喜欢鼓掌。（虽然现在的人都喜欢这么做，但至少男性可以避免。）凡妮莎故意没如她所愿地安慰她，正在狡黠地暗示，乔什在这方面是家庭典范，是把做饭和采购都包揽下来的男性女权主义者。聊到打扫卫生的话题——"由来已久的女权主义者的分野。"她说——她们对此都不太感兴趣：两人用一言两语糊弄过去了。当然，凡妮莎承认，他们不像海伦那样需要抚养孩子，所以麻烦和事情都要少些。什么都要少些，艾伦心想，打了一个寒战。

接着，海伦仿佛因为凡妮莎的让步温和了下来，开始问起姐姐学术工作是否还顺利，凡妮莎露出专注思索时的愉悦神情，每当她开始思考哲学时，她就会无意识地微微吐着舌头。她解释说，自己最近参加了一个会议，并且不好意思地表示，会议有个环节专门讨论她那篇融合了英美分析哲学和欧洲理论的论文，还形容了她是怎样为该文作了一个补充说明的。

"我用一个老笑话解释了一番两者之间的区别：英国分析哲学探究的是，当你有一本从图书馆借的书超期时你的道义责任；而欧洲哲学探究的是，纳粹入侵时你的道义责任。"

"这真是个好消息，"他说，"他们就你的作品作演讲?"

"嗯,讨论了两个小时,在周五的下午四点到六点之间,那时候很多人早已散场回家了。这个会议是分两天进行的。"

"好了,凡妮莎,"她的妹妹说,"承认吧,这很了不起。"

凡妮莎一言不发,脸红了片刻,然后起身去给海伦拿碗。

"哎,这由我们来做就好,"艾伦说,"你胳膊上有伤。不过,谢天谢地伤的是右①手臂。你还记得吗,我是左撇子,不过——"

"不过在我的右脑,"海伦接过话茬,"我们记得。"

"我一直很喜欢这个笑话,不知怎的。"他说。

"还有一些别的笑话和这如出一辙,爸爸。"凡妮莎说。

"我的岳母在欧洲待了一个星期……哦,她尝了香蕉②没?这把你爷爷逗坏了。"

"还有康门③完全停了下来。"凡妮莎带着孩子般

---

① 此处为双关。"右"(right)又代表"对的"。下句"右脑"同,整句意为"我脑子正常。"
② 双关,意为"疯了"。
③ 康门(Commer),英国商用车品牌,与"逗号"同音。此处意为"逗号变成了句号"。

的热情说。

"好几年,我都不明白这个笑话,又不好意思问你们,"海伦说,"后来,我问了你,你解释说,康门就是爷爷的货车。"

"没错,他的那辆货车总是抛锚。"凡妮莎说。

"极不可靠的车,即使按英国的标准来看……顺便问一下,你以前在纽卡斯尔开的那个国民威斯敏斯特银行账户还在吗?"艾伦问凡妮莎。

"我在十六岁的时候开的那个? 还在。挺有意思的问题,怎么会想起问这个?"

"我也不知道,就是想到了你的童年,可能唤起了我的回忆。"

"我还留着它,甚至还在里面存了一些英镑。"凡妮莎接着说。

"很好。"

"你的'很好'指的是这笔存款可以得到利息吗?"

"不是,就是单纯的很好。"他说。

"这个行为本身很好?"她扮出了奎里家标志性的鬼脸。

"是的。世事难料。"

"银行里的钱①。"海伦说,带着杜伦口音——令人不安的是,她模仿得不错。"银行里的钱"是他自己的爸爸过去常常对他说的话。尽管不多,但钱还是钱,这可是银行里的钱。父亲从不知道,艾伦掌握着他父母的银行账户号码并且经常偷偷地往里面存一两笔小额的现金,数目小到他们难以发觉,一般只有三十或四十英镑。

在暑假快过完的时候,也就是凡妮莎逃学后不久,凡妮莎和父亲去开了那个银行账户。艾伦心怀愧疚地往里面存了四百英镑,好像这样就能弥补什么。那一大笔钱凡妮莎记得很清楚,不过她没有对此说什么。即使她想感谢他,她也办不到,奇怪的是她连这样的想法也没有。她没法告诉海伦,海伦很显然没有得到这样的慷慨馈赠。就是在这个夏天,他们的离婚成为法律事实。不过那时,凡妮莎气恼的不仅是离异本身,更是爸爸在初夏的所作所为,那时她在科布里奇的一家咖啡馆上班,和一名在那里工作的男孩走得很近——不幸地,他也叫艾伦,除了名字拼作 Allen 而非 Alan。爸爸很显然不能接受她和一名十六岁辍

---

① 意为"稳操胜券"。

学、还带着很重的诺森伯兰郡口音的当地男孩约会，他还想方设法地不让他们长时间腻在一起。"好吧，凡妮莎，你要走弯路，但是我把你送进昂贵的寄宿学校读书并不是为了让你嫁给一个来自科布里奇的粉刷工的儿子。他一点前途都没有。完全靠不住。"他竟然这么说了。她现在仍旧觉得不可思议，不过她有坚持记日记的习惯，她把这番话记了下来，时间是1982年8月22日。

艾伦·法恩利是一个心地善良、粗眉大眼的可爱男孩。他看上去不止十六岁，肩膀厚实，他的两只长手臂紧贴着身子两侧，就像一只在打瞌睡的猫头鹰。他也许是"粉刷工的儿子"，但是他和那个半识字的家格格不入。对于古典音乐，他比凡妮莎了解得更多，他的床底下还放着勃拉姆斯和里盖蒂的乐谱。他对一切都怀着热切的求知欲，他想把整个宇宙像一颗药丸一样吞下去。这个比喻是他们在罗伯特·路易斯·史蒂文森的一篇散文里发现的，是他们一块儿读到的，这完美地归纳了1982年的夏天：把整个宇宙像一颗药丸一样吞下去。艾伦的爸爸担心自己的儿子是同性恋——酷儿——这在凡妮莎看来特别好笑，因为他在咖啡馆一直盯着她的臀部看，并且最终得逞了。但是开始的时候没有那么美好，他们俩都太害羞了,也没有这种经验,他捏了捏她的胸,他们亲吻了很多次,她记得那只笨拙的手木讷地抵在她的双腿间,这是他保持平衡的方式,就像飞机车轮下嵌的轮楔:艾伦总是被狂喜所俘获,他在听音乐时也是这样。他们聊了很久上帝的话题,还试着进行"哲思":何为音乐?何为"美好生活"?死亡抵消了生活的意义吗?诸如此类。她不知道他现在人在哪里。不过,她认为艾伦不太可能突然就出人头地了。当然,她从没想过嫁给艾伦。他们都明白这种婚姻走不了多远。甚至在十六岁的时候,她就有些同情父亲那不合时宜的焦虑。现在,她坐在自己的餐桌上,注视着对面的他。他终于到了:他不远万里来美国看她。他看起来很疲惫。他那张帅气、瘦削的脸没有一丝血气,她意识到自己不能再在脑海里把他年轻化了。一想起她的离世的母亲,她就悲痛不已:她还能听到凯茜年轻时的声音,但是再也不能看到她年轻时的模样了。可怜的爸爸,操劳了一辈子,总是执着于他那"北部的"理想!这个远大的理想有何意义?出人头地,有所成就,开一家有名气的公司;挣钱,抚养孩子,把美丽的老宅子打理好……但他却没能留住自己的妻子,也因此无心守住这个家——没有阻止这个家破裂——所以,这栋美丽空洞的老宅子有什么用?现在他老了,每个人都会有这么一天,而不久之后,他会连最后所剩无几的东西也留不住了。你把整个宇宙就像一颗药丸一样吞下,但是接着你也要像尿尿一样把它排出去,它会和其他重要的事情一样穿过你的身体。是的,她不能想这些,不能沉迷于思考这种事情——每个人好像都这么对她说,乔什这样说过,拉斯基医生也这样暗示她——但是这种念头很难抗拒。

她记得,海伦当时摆出一副要她领情的样子;她暗示自己觉得艾伦·法恩利长得很丑,不过凡妮莎也没有资格挑三拣四。凡妮莎期盼着乔什明天回家,因为乔什是公认的帅哥,比汤姆还英俊,还要更加年轻。海伦的丈夫的颜值好像开始滑坡了。

"我想抽根烟,你们介意吗?"她问。

"不介意,尽管抽吧。"海伦说。

13

午餐结束后他们便离开,去酒店入住了。他们叫了一辆出租车,还是捎他们来的那名司机,在送他们离开车站的路上,这个热心的穆斯林小伙问他们从哪里来,发现他们是英国人之后,他从副驾驶座上拿起一本巨大的书朝他们挥舞:"你们知道罗伯特·菲斯克吗?那位英国记者菲斯克?他报道的都是真相,全写进他的这本书里了。"艾伦很欣赏海伦那样游刃有余地对付他并且很期待她再次施展她的手腕。不过,司机忙着讲电话,用的是阿拉伯语,他顾不上乘客了,他们于是安静地坐着看着街景。

"天哪,这里真是荒郊野外。"艾伦说。夜幕很快降临了,昨天落的雪不知怎的好像已经污秽不堪。一辆车头带着犁型铲雪机的庞大橘色卡车呼啸而过,朝他们掀起巴巴。你可以尝到空中飞盐的味道,白雪纷纷恰似"撒盐空中"。

"这里一点也不荒凉。"海伦不耐烦地在车里换了一下坐姿,她的脸拉得很长,看上去闷闷不乐。"萨拉托加是美国最宜人的小城之一。如果你想看荒郊野岭,我可以带你去。从这里开半个小时的车到特洛伊。那儿很荒凉。或者说,至少从高速公路上看去它很糟糕。特洛伊完全就像苏联——到处是老旧废弃的仓库和脏乱的工厂,还有一条阴森的河和可怕的新修的住宅区——那里的房子看上去就像肥胖的党棍专用的酒店……"

"好吧,这里不荒凉。不过也太冷了……也许,它和其他地方一样,地名不吉利?他们起地名的时候是怎么想的?特洛伊,确实……"出租车沿着一条确实很美的主干道徐徐而下;这是百老汇大街,比和它齐名的英国伦敦西区街道更加宽阔。建筑物装饰华丽、气派,大都用红砖砌成或用石料贴面。他想起了纽卡斯尔或哈罗盖特的那种保存良好的老街。那些街道幸存了下来,逃过了轰炸机和城市规划者的戕害……这些十八世纪的著名美国建筑像繁华已逝的石面幽灵一样岿然屹立着,不堪一击却满眼责备:我们知道我们的伟业和成就,但是你们为未来建设了什么,你们的成就呢?老天,阿迪朗达克信托公司(应该是一所银行)看起来就像林肯纪念碑。它应该是由大理石砌成,大门两边各矗立着一根巨大的希腊石柱。而紧挨着的,也就是他们现在旁边停的地方,就是一栋宏伟的建筑,这是他们的酒店,名叫亚历山大,形似威尼斯宫殿。一共有三层,高而窄的拱形窗户排列得整整齐齐。一楼有一个走廊,带一个环绕的超大露台,细石柱和金银丝浮雕随处可见。他推测这栋建筑是十九世纪末建成的,不过如果对美国了解的话,他会马上知道这应该要上溯到文艺复兴时期,是用一艘船从意大利的某地零零碎碎地运来的。

"我想你会喜欢这里,爸爸。至少这里能让你开心。这代表了美国的特色。你可以随时退房,不过你绝对舍不得走。"

大厅很昏暗,到处是抛光的红木和紫红色丝绒装饰。对摆设物件的痴迷肉眼可见——布尔乔亚的维多利亚式客厅元素密集到令人发笑的程度:两棵栽在黄铜花盆里的高大无花果树,插在坛子里的孔雀羽毛,橡木落地灯,两个难看的带宗教元素的蒂芙尼灯罩(营造出神圣的昏暗灯光),一架合上的三角钢琴,一张带卷书式扶手的雅致躺椅,一部巨大的楼梯,精神病院级别的窗帘——厚得像监狱的墙。又闻到了肉桂的味道。迪克西兰爵士乐从隐蔽式扬声器里传来。一种档案馆的气质扑面而来,一切仿佛刻意调成深褐色,好赢得"老萨拉托加"称谓。如果他没这么累的话,他是很乐意玩味一下这个笑话的——不过这种幽默效果是说者无心的。他需要给坎迪斯打电话,然后休息一会儿。海伦又回到了她的黑莓手机上,用力地敲着键。前台的姑娘看上去并不叫人放心,她旁边摆着一盘吃了一半的大蛋糕。她放下手里的叉子,抬头说:"欢迎光临亚历山大酒店!"

不过,入住手续很简单,几分钟后他坐在了自己的床上,这是他来美国住的第二个房间,他脱掉了鞋。卧室的布置没有大厅那么让人阴郁,不过装饰得还是很华丽。他坐在一张不带围栏的四柱床上(四根木柱子让他想起了地基上露出的长螺栓);还有一张和刚才不一样的躺椅,椅身材质是粉色和奶白色相间的条纹绸缎;椅子两端都放着肥大的圆柱形垫子,塞得鼓鼓的,与其说是垫子,不如说是救生圈。他把目光投向大街,精美的店面和古老雅致的街灯尽收眼底。

雪在空中飞扬,被街灯的弧光照亮,时而急匆匆地涌向一边,时而回到之前的轨迹,宛如湿的虫云,是单调的紫色夜空里闪耀的一抹白。他只觉得贴着窗玻璃的额头冷得像冰扎。

有人敲门:"送餐服务。"可他什么食物也没点,在那荒诞的一瞬间——他仿佛詹姆斯·邦德附体!——艾伦以为自己在拍电影。真的是酒店员工,他带来了酒店免费赠送的一杯香槟。其实是很差劲的香槟，上面飘着一颗孤零零的已经泡得发胀的树莓。

他把电话打到海伦的房间。"一个家伙刚刚给了我一杯带一颗树莓的香槟……"

"他刚才也经过了我的房间。他们以前不会这样做。"海伦住过两次亚历山大酒店，都是在夏天，那时她必去酒店的老式露天泳池消暑。她是来林肯表演艺术中心听大卫·马修斯的演唱会，她称那里为美国听乐队现场的最好去处。

"我知道你在打探什么：好吧，凡妮莎应该没事。我觉得是这样。我的腿有些发酸。这里有点潮湿。你知道'湿'是中医里的一个专门类别吗？多余的'湿气'可以通过某些闻起来很呛人的热汤药排出。"

"我想起了你们小时候是多么亲密，凡妮莎多么羡慕你和你做的事……"

"羡慕我做的事？流行音乐？我觉得她没有，爸爸。"

"没错，她有。你不知道罢了。"

"哲学家和唱片公司主管。就是现代版的伊索寓言故事，她是聪明的老猫头鹰，而我……就像愚蠢的驴。"

"我不觉得有谁认为你蠢。"他由衷地称赞道。

"那像不像一只狡猾的狐狸?"

"哦,拜托,海伦……"

"嗯,我觉得她应该没事。说实话,我没看出一丁点新危机的迹象。可能她有些紧张。不知怎的,她看上去状态很好,和以往有些不一样,更注意打扮了。她现在戴起了隐形眼镜。"

"但是胳膊!她真的摔伤了。乔什并没有夸大其词。伤得有些严重。"

"她脚滑了!"

"见鬼,为什么她不告诉我们这件事?你不觉得可疑吗?"

"也许是,也许不是。我觉得她喜欢这种戏剧性。"

"这不公平。你不能因为她把这个当成该死的秘密,就怪她爱演!帮我打听一下行吗?我得知道这是不是单纯的意外。我自己办不到,海伦……我现在得给坎迪斯打电话了,然后在我们晚上见面之前睡一觉。"

14

坎迪斯不在家。他试着拨通了她的手机,但是她在开车,没法专心听他讲话。他们不时打断对方,并且几乎同时说,"没关系,继续讲。"他一直都不太喜欢讲电话,也许这是他未能成为一名意气风发的成功商人的另一个原因,影片里的那些家伙把他们的脚搁在桌子上,钟爱的话筒就像一只宠物狐猴一样依偎在他们肩上。他的父母使用电话的习惯一直很糟糕,他们很晚才接触到电话,以至于对它总是持着一种恭顺,这让长大后的他非常心烦——挥之不去的庄重感,仿佛这个机器只用于通报事故,是出手阔绰的煤老板捐赠的。即使到今天,尽管母亲自己的房间里安装了电话,她还是尽量控制通话时间,一般都以这句话结尾,"听着,这是你拨通的,再聊话费就很贵了。"(既然是他在支付她的生活费用,总是他拨电话给她。)

坎迪斯跨越海洋的声音传来,温柔中透着理性。她告诉他要勇敢,还建议他搜寻一下某些"迹象"——

凡妮莎有没有说自己没有心思阅读或者弹钢琴，或者不想起床。

"翻一下她的抽屉或浴室的储物柜，看看她在服用什么药。不要觉得不好意思。不要三思而后行。"（呵，这了不起的中式冷酷。）

"让人迷惑的是，她似乎精神很好。我看不出有这些迹象。她好像没有抑郁。但是楼梯告诉我，我的怀疑是合理的！情势有些严重。她的胳膊摔骨折了，现在打着石膏。"

"亲爱的——抑郁的人不一定胸前写着这两个大字在别人面前大摇大摆。她的胳膊是在楼梯上摔伤的？"

"对，还说她只是在冰面上滑倒了。"

"哦，也许她真的是滑倒的？哎，对了，中国有句话，和弗洛伊德那句名言差不多——有时，廉价烟仅仅只是廉价烟而已。"

"要是你现在和我待在这里就好了。只有我们两个人。我知道你喜欢住酒店……"他躺在床上，身上的衣服大部分都脱掉了。

"你的信号不好，我听不清你讲话……"

"真的吗？"

"假的，"她笑了，"开个玩笑，我听得很清楚。我听得到你说的话,还听得出你的言外之意。"他的女儿认为坎迪斯完全没有幽默细胞,实际上,她这种冷笑话式的另类幽默正是他非常喜欢的。

"你的母亲昨天打来了电话。我想她没记住你的出发日期。我给了她酒店的号码。不过,我打赌她不会给你跨洋电话。"

"你和她说话了?"

"你不用这么大惊小怪……虽然这和天文事件一样罕见,但还是有可能的。"

"抱歉,只是你总是尽可能地回避她。"

"她也是这么对我的。默契十足的相互回避。"

没错,的确是这样。他一想到母亲搬过来和他们一起住就心里发怵。

"我觉得你想用的缩写会是……'Maa'①。对了,你开车去哪?"他只是想多听听她的声音。

"我在纽卡斯尔刚上完一整天的课,正在回家路上。还记得'有知觉的佛'吗?这是禅修课的基础单元。"

"哦。你真棒,亲爱的。"

---

① 指上文中"默契十足的相互回避"(Mutually Assured Avoidance)。

艾伦有时候为自己反感坎迪斯信教而感到愧疚，不过大多时候他感到乐观。他是由一个又一个欲望构成的。他对坎迪斯的欲望是确凿的，这无疑填补了他多年以来性生活的空白。老天，她的臂膀垂下时，肘部紧实的褶皱……她修长的背、小巧的屁股和那些她爱穿的小得离谱的丁字内裤，那蕾丝看起来如此脆弱，像是挂在雏菊花环上的绳结，在邀人将其一手勾落，或撩到一旁。一秒沦陷。如果他摆脱了欲望，像那本讲禅宗佛教的书所提倡的，他还剩下什么？他想，他就不成其为他了。而是成为一辆无人驾驶的火车，像苏黎世机场里的火车一样。她不知道，他在晚上漫步于花园，遛他们的杰克·罗素㹴犬时，他偶尔会鼓励它抬起脚冲那座蹲坐在草地上、靠近水盆的佛陀小石像撒尿。艾伦并不反感真正的佛陀，他自然是一位智者，不过，花园里的那尊石像——坎迪斯网购得来的——非常讨人厌。无论刮风下雨，还是万里晴空，或是淋到小狗的黄色尿液，这个胖乎乎的小家伙就像已然涅槃的亚洲版的米其林轮胎小人，脸上总是挂着傻乎乎的笑容，他那没有感情的笑是对抗欲望、苦难、死亡和战争的理想的温和武器。艾伦不信教，从来对此不感兴趣，不过让他不解的是，坎迪斯似乎也没有那么虔诚。也许，佛教不是那种意义上的宗教？如此一来,这便赋予了它更大的力量……他的父母都是坚定的社会主义者,非常憎恶宗教。爸爸每年参加矿工节,但当天晚上从不去大教堂做礼拜,那天郡里的煤矿工人组成的多支铜管乐队会表演节目,大家都去巴结身穿天鹅绒的教长和副主教,后者装模作样地劝慰这些基督徒。艾伦其实是喜欢大教堂的,他会偶尔不经父母的允许溜进这栋庞大漆黑的建筑。但是在其宣扬的教义方面,他认为这显然是人类编造的鬼话。至于上帝存不存在这一终极之问——其实,他总感觉自己有生之年内这一"终极之问"大体会水落石出,就像困扰他的塞浦路斯事件①或小儿麻痹症的问题一样。在倦意的作用下,他隐隐约约地能想象到末世启示时的场景,就像一场神学发布会。他不知道在末世启示里上帝到底存不存在;奇怪的是,当他在酒店房间躺下歇息时,他突然想到,这个未解之谜在基督死后的两千年间一直是悬而未决的。

---

① 塞浦路斯(Cyprus)事件指代金融/债务危机。

15

凡妮莎来电提议去找他们一起吃晚餐。酒店食物花样太少——不过外面很冷,他们宁愿一直待在室内。她来付账单。艾伦坚持自己付钱,她像个孩子似的急得不顾风度,但又只得退让:"哦,那好吧。"

在她晚到的二十分钟里,他们在大厅等她。海伦换了衣服,穿着紧身的黑色毛呢裙的她看上去十分时髦。当然,她已经开始不耐烦,尽管饮品在手,他们还能再坚持一会儿。不过,凡妮莎也换了衣服。艾伦猜想,她是想和海伦比美,不过她为什么想这么做?她以前从未表现出一丝这种迹象。她们年轻时,海伦几乎像在博物馆策展一样打理她杂多的服饰,衣橱里的时装精确地分门别类:连衣裙、短裙、考究的牛仔裤和数不清的鞋子排列得整整齐齐,艾伦曾笑称,她的卧室就像清真寺的前厅。而凡妮莎的衣服好像都是清一色的灰黑色系,总是杂乱地在卧室里堆到天荒地老。于她而言,衣服和电视、运动、朋友一样,被归于受忽视,甚至鄙视的一类。艾伦和凯茜希望凡妮莎的生活里多一些这类东西,而且这种隐晦的焦虑成为一种反射性的养育方式。她需要多认识朋友……她应该出门走走……她应该骑车去科布里奇……她怎么才能遇见特别的人?……不过现在,在她三十出头几段无疾而终的可忽略不计的恋情之后,她遇到了特别的人——艾伦知道,她的新着装、发型和隐形眼镜不是因为海伦,而是因为乔什。今晚的凡妮莎看起来光彩照人,她穿着一条灰色短裙和一件边上缀着亮片的印度风的海蓝色上衣,还戴着一条珍珠发带(他以前从未见她戴过发带)。还有那双迷人的眼睛:他还没有习惯她摘掉眼镜后的样子。

我是不会穿这身衣服的,海伦心想,不过,它把凡妮莎衬得很好看,尤其是这条短裙。当姐姐打扮得漂亮些、为改变做了一番努力的时候,海伦就会对她温柔起来。老天,她就是这么肤浅吗?哦,她厌倦了:看到凡妮莎,她不知道自己能否完成这为期三天的沉重的姐妹之约。在牛津的最后一年,凡妮莎"崩溃"的那一次,父亲让身处伦敦的海伦前往牛津把凡妮莎带回家。她在凡妮莎所在的新学院的冰凉的宿舍地板上过了两晚,搭乘了整整一天的火车去诺森伯兰郡——她受够了:不幸到底是非常无趣的。她希望凡妮莎幸福,这是毋庸置疑的,但是她也要为工作焦头烂额,而且汤姆刚刚打的那通电话让她心烦,她想回家陪伴孩子。对于这些,凡妮莎可以说是一无所知。她从来没怎么过问海伦在索尼或者上家公司的工作近况;实际上,她只看望过双胞胎一次。两年前,在伦敦,凡妮莎拿给他们一人一只难看的毛绒玩具,还把杰克的发型弄乱了(他为此号啕大哭),然后又回到警觉的状态,仿佛她正在看一只休眠的巨型蜘蛛。说实话,一开始,她自己对孩子的态度也好不到哪里去:"设身处地一下",看在上帝的分上……一切都是那么难——双胞胎意味着双倍的焦虑、麻烦和捣蛋。也意味着双倍的喜悦。凡妮莎知道什么是为人父母的喜悦吗?这种幸福是极度私人化的——由她和汤姆心照不宣地共享。喜悦似乎要比悲伤更难以表达。悲伤可以用眼泪这种可见的符号表达,人们因为悲伤而流泪,这是不言而喻的,不过这种情绪说到底非常孩子气。悲伤让你重返孩提时代,故技重施让大人来关心:"怎么啦,你为什么哭了?"那么,喜悦的符号是什么?是阳光的笑颜吗?谁会跑来问一个乐不可支的人,"你在笑什么?告诉我,你为什么这么开心?"

晚餐的时候一切风平浪静,艾伦心想。自然,这么想是不对的……凡妮莎几乎整晚都在给他们讲乔什的事。她遇到他是在八个月前,在波士顿的一次关于技术与意识的研讨会上。凡妮莎在就自己的论文作演讲,乔什在到处搜寻写报道的素材。他只有三十三岁,比她小七岁,但是,据凡妮莎所说,有着丰富的人生阅历。他在哥伦比亚大学攻读博士学位,后来辍学了;在布鲁克林的一所条件较差的中学短暂地担任过教师;写过一本未出版的小说(写他母亲的卡洛娜家族的往昔,向那个垮掉的一代致敬);现在正在"筹划下一部作品",同时还有一份收入相当体面的兼职:为《连线》和《滚石》这类杂志撰写科技创新类的稿件。对艾伦来说,这听上去像一把不成形的散线。如果他不坚持把一件事干到底,他多么有才并不重要——凡妮莎说他是她见过的最聪明的人。而且,艾伦还有其他顾虑:他靠当自由撰稿人不可能有很体面的收入。他在靠她过活。作为资助方,凡妮莎占了上风。但是,作为两人中更年轻的那个,乔什占了上风。在一份工作上坚持不下去的家伙,也不会在一段关系上走很远。她是多么爱他!旁人都能看得到。说起乔什,凡妮莎一脸害羞和警觉,两种情绪的美妙结合。她直挺挺地坐在椅子边上,顾不上吃饭了。

诺森伯兰郡的花园里有一棵很美的樱桃树;每逢

春天,它就绽放出满树的花,仿佛把四周的空气渲染成浪漫的粉色。姐妹俩小时候会爬上低矮的树枝,然后一跃而下落到粉色花瓣铺成的地毯上;当她们站起来,衣服上沾满了娇嫩的小花瓣。每次她们往下跳时,尽管他知道这并不危险,尽管他小时候比这还要淘气上千倍——艾伦和他最好的朋友威廉曾骑着没有刹车的自行车在西山比赛冲下坡,还有一次,他光脚沿着艾尔维特桥的护栏走过时——他被紧张攫住了,幻想起灾祸的降临。突然间,他有些感伤,并没有多大用处:假设他的父母也曾这样温柔和不安……尽管如此,他希望花毯永远缀在草地上,他希望他的孩子永远停留在从低矮树枝上跳下的年纪。看她们长大就意味着要接受她们爬得越来越高,而他所能做的只是在她们跳下的时候安静地观看一切。

16

当晚,凡妮莎来到桌前翻找一本旧日记本,里面有她在 1982 年记的日记。有一个抽屉里装满了她的私人纸片,她经常坐着搜寻;这比读小说更有意思。她把它当作自己的英国时光抽屉。里面有很多照片;她母亲葬礼的流程单;以前在学校的成绩单("凡妮莎最近在积极学习尤维纳利斯①的讽刺诗第十首":普拉默小姐写的评语);诺森伯兰郡的公路图;三封情书;一堆印有牛津新学院地址的信稿纸;母亲的来信,包括她刚去牛津时收到的第一封家书("亲爱的,新生活开始了——这是你变成大人的第一步;真羡慕你年纪轻轻就这么棒");一份达勒姆大教堂的匹特金指南——封底已经丢失;一份她从牛津的教授那里收到的最枯燥的信笺——这是一张莫德林学院明信片,在上面打字的是哲学家 P. F. 斯特劳斯,她在新学院自

---

① 尤维纳利斯(Decimus Junius Juvenalis),古罗马著名讽刺诗人。

己的邮筒里发现了它,直到今天她都觉得难以置信——与美国校园那种宠溺学生的氛围大相径庭——语句间的调侃和讽刺调得恰到好处,礼貌中透露着居高临下,作者无疑在潜意识里把学生当作一个不负责任的成年人("如果我没记错的话,我那本康德的书还在你那儿吧?如果是的话,也许你可以帮我把它放在莫德林学院的门房——附上你难得写好的论文。我想你欠我至少一篇论文。希望你的病好了");二十岁时写的关于托马斯·内格尔[①]的一篇文章的笔记;海伦的多封来信;一本德语入门书;用钝的铅笔和坏掉的订书机;十岁时写的一个故事("我骑上我最爱的坐骑阿洛菲,踩的是马镫而非上马台。妈咪和爹地皱着眉头盯着我——他们怕我摔下去!我的脚后跟一蹬我们就跑了起来,练习打浪快步……");一张1983年的"欧洲通"铁路票,以及意义非凡的托马斯·库克欧洲列车时刻表;念书时的校园卡,是海伦的(留着二十世纪八十年代的发型!托亚·威尔考

---

① 托马斯·内格尔(Thomas Nagel),美国当代分析哲学家,以研究政治哲学、伦理学、认识论和心灵哲学而著称。著有《利他主义的可能性》《人的问题》《本然的观点》《平等与不公》《他人心灵》《最后的话》《世俗哲学与宗教气质》和《心灵和宇宙》等。

克斯①和苏西·奎特萝②的前卫摇滚范儿);旧的瑞兹拉牌烟纸,没用过但是旧得像燃烧过,被时间灼伤……

她找到了日记本,并翻到那个段落。就是这里,原文和她记忆中的相差无几:"我不敢相信老爸居然对艾伦说那样的话。他竟然对我说教,告诉我什么是爱?!'凡,'老爸说,'你也许不爱听我要说的这句话,但是我把你送进昂贵的寄宿学校读书并不是为了让你嫁给一个来自科布里奇的粉刷工的儿子。'我没告诉妈妈这件事真是太明智了!"她往下读了一两行,在一阵惊惧的奇袭之下开始迅速往后翻,翻了几周、几个月,她不敢停下来,因为一旦停下来她就不得不仔细地审视自己,她怕看到潜伏在那里的东西,她知道就在这同一本日记里:"又是快乐的一天。不过到底哪里快乐了?"

---

① 托亚·威尔考克斯(Toyah Willcox),二十世纪七十年代英国大热的摇滚歌手、演员,1978年主演了德里克·贾曼执导的电影《庆典》。
② 苏西·奎特萝(Suzi Quatro),二十世纪七十年代美国著名摇滚歌手,女性摇滚先驱,和朋克教母帕蒂·史密斯曾一起组建纯女子乐团。

17

第二天清早,艾伦在自己的房间吃了早餐。他点的"可颂",没想到是一盘肥大的面包,严重名不副实,比他们的发音还差。不过咖啡很不错,雪在阳光下消融——听上去就像一百条水管在漏水——此外,美国这里的天空蓝得透亮,让人心旷神怡。现在他明白海伦为什么要让他带上太阳镜了。这里亮得就像阿尔卑斯山。

他们只需在午饭时候到达凡妮莎的住所就行,海伦也有事要做。工作上的。艾伦也是。他记得自己做过一个梦,具体记不清了,只剩与多布森艺术中心和咖啡馆相关的恐怖回忆。滨水路——他曾经对它寄予厚望。但是大卫和李不是合适的合伙人人选,他在五年前就已心知肚明;他们根本帮不上忙。项目很久之后才起步,市政厅的人物不停阻挠,整个项目耗掉了公司的所有财力。他就要被拖垮……这就是这个梦的全部,被拖垮。他盯着自己的平板电脑,这个自信满满的白色魔盒装满了秘密和计谋。是的,他应该确认一下邮箱,看看埃里克·鲍尔怎么汇报纽卡斯尔的工作情况,不过他不太敢打开潘多拉的盒子,他自从离开诺森伯兰郡就没碰过它,所以他打算出去走走,去陌生的地方。

昨天银装素裹现在寒光凛凛,澄澈的蓝天下鳞次栉比的建筑依稀可见。他沿着大街一直走,扫雪机已经在坚硬的冰冻的雪地中间清理出了一条窄路。这是一个多么巴洛克、多么迷人的地方呀……这里有亚历山大酒店——自然是威尼斯风格的装潢;有一家低矮的大邮局,一只正宗装饰艺术风格的斗牛犬,他注意到黄铜材质的门框雕着金色的万字饰;有阿迪朗达克信托公司气派的大理石楼;有一栋巨大的十九世纪公寓,它俯视着大街,就像一部维多利亚小说里被争夺的遗产——它归谁所有?住着几户?市议会的哪个人想拆了它?这里维护状况如何,是肉眼可见的:你可以看出来它的废弃地带。不是底层的商铺,这里一整排都是经营状况良好的像样的商店和咖啡馆,而是楼上。"非凡地"(Uncommon Grounds)——自然是一间咖啡店——店外的雪地里坐落着一间"实验室"(Lab)普拉提工作室,遗世独立。在隔壁的药店,一位身穿白大褂的女士在用一根长杆戳条纹帆布雨棚,让雪滚落下来。行人都把自己裹得密不透风,穿着肥大的靴子和张扬的毛绒外套,拉起领子,装扮像小丑一样夸张。他觉得自己穿少了——一件灰色毛呢大衣和一双黑色皮鞋;他同样觉得很冷,很显然他们要比他更了解这里。

城里看起来很繁华。他经过一家新开的书店,店外挂着一面巨大的美国国旗,又经过高档的美食城一样的地方,接着迎面而来的是一排糟糕的店铺:一家已经倒闭;另一家卖的工艺品看起来就像垃圾;还有一家店名叫作"拉斯普京"(店标非常夸张,是这位蓄着胡子的俄国疯狂僧侣的粗糙画像),卖一些二手的黑胶唱片。如果是海伦,她肯定会买光这间小唱片行的所有库存,拯救这位驼背的店主——他推测这是店主——一位有点像胖版的拉斯普京的男士;可能和艾伦岁数一样大,不过岁月在他身上留下的痕迹更为明显:他站在门口,皱纹满面,疲惫不堪,身穿皮夹克和打了补丁的裤子,戴着戒指的手里拿着一根皱巴巴的香烟,也许是大麻烟卷。他很友善,和大多数美国人一样,还对他说了声"早上好",在英国如今没有人这么做了。他经过一家名叫"绝帽"(Hatsational)的帽子店,接着是另一栋公寓——它被维护得很好;一个路标写着这里之前是犹太教堂。

他喜欢人们居住在市中心的这种感觉;这在英国

非常少见,那里的商业大街都被大型商店占领了——博姿、特易购、玛莎百货——而且步行街到处都是,街道用廉价的市政用砖铺成了恶心的赤褐色。整齐划一,过于单调:达勒姆像约克,约克像切斯特,切斯特又像诺森伯兰。这要部分要归咎于德国佬;他们当初把南安普敦、坎特伯雷、考文垂等城市炸飞之后,这些地方除了修建难看的大型购物中心和多层停车场也没什么办法了。德国人对待他们自己的被炸的城市也是一样——汉诺威、汉堡、布伦瑞克,还有美丽的海尔布隆。但是,二十世纪六十年代的城市规划者和市议员们比德国人高效许多。在"现代化"和"进步"的口号下,他们拓宽了中世纪时期的车道,拆掉了整整好几条街的漂亮老建筑。他们对纽卡斯尔的改造太过丧心病狂。骗子 T. 丹·史密斯和该死的威尔弗雷德·彭斯——他们是现代的汪达尔野蛮人,就知道破坏。英国最美的乔治时代广场之一的埃尔顿广场在六十年代被拆除,改建为一个新的商业中心。还有皇家拱廊!他记得父亲带他去那儿逛过。你经过英国橡木保险公司的大楼,就步入了一个魔幻的玻璃顶的维多利亚宫殿,这里坐落着商店和办公室。精美的穹顶的玻璃总是脏绿色的。社会主义咖啡厅就在拱廊的后面,经营者是一个奇怪的红发男人——名叫阿奇？还是亚瑟？——他仿佛没有完全度过变声期。他不是阉人，只是声音像小男孩一样细，虽然他至少有五十岁了。艾伦见到他总是非常尴尬，并且想转过身，不过父亲却能很正常地同他打交道。他是怎么用那种老鼠似的声音指使侍应生和厨师的？六十年代的同一帮坏蛋拆除了美丽的皇家拱廊、拆掉了那家社会主义咖啡厅——只为了修一座环岛！拆掉它们，这样福特科尔蒂纳和"凯旋使者"汽车就能在城市里畅行无阻。不要怪德国人。这是我们自己一手造成的。欧洲人①没有这样向破坏性和平庸屈服过。他们知道一座十五世纪的市政厅、一个中世纪的谷物市场、一条维多利亚时期的玻璃拱廊本身就是宝贵的。他到某些美丽的外省城市度假，拉昂或蒂埃里城堡，根特或莱顿（在那里的新教教堂，艾伦惊奇地发现上面刻着十七世纪的金色铭文："上帝是奇妙的"）时，深感历史一直受尊重。美国人也做得很得体：他们让过去保持原样，有必要的话会任其腐化。这不全然是出于一种对过去的尊重——每个美国人都会说，作为新大陆的子民，他们没有历史可以失去；而是因为他们不在乎、个性十足，并且地广人稀。

---

① 此处指欧洲大陆人。

他在思考这些的时候难免会心生愧疚。让他沮丧的东西恰恰是他的谋生之道。在纽卡斯尔，他曾是码头区的商业开发的早期投资人，尽管那里的大多数老建筑没人居住且平平无奇，他有时会恋恋不舍地想到那些漂亮的维多利亚红砖仓库，为了多布森项目被拆除了，奎里控股正是三个合伙人之一。在达勒姆，他的公司开发了弗拉姆巴德住宅，一栋昂贵但缺乏美感的公寓楼，原址是一排半木结构的伊丽莎白时期房屋——原本归大学所有，在那里相安无事地度过了四百个年头。（他记得大学当时急切地想卖掉那片排屋，恨不得马上变现。）

还记得那本旧漫画书——一个人对他的同事说："我宁愿占麻烦的大头，而不是办法的小头。"为艾伦工作了十五年的埃里克·鲍尔将那本漫画书塞到了他的办公室门上（还有一张他在斯图加特参加会议时的胸牌，上面写着"鲍尔先生"；这两人是整个办公室里最觉得这本书好笑的人）。漫画书很有趣。不过办法是什么？显然，发展是问题所在，发展也是唯一的解决办法。现代经济建立在对发展的渴望之上。城市随之扩建、改造。对了，而且有时这些完美的欧洲小镇异常令人窒息；就像科茨沃尔德的那些狗屎村庄，长达六百年都一成不变，假斯文的居民住在茅草屋里,硬生生活成了壁橱里的历史守护神……

他一辈子都在围绕改变、发展和社会流动打转。事实上,他过去常常留意那间社会主义咖啡厅。那儿的座椅都是公共的木质长凳,瘦削的顾客并排坐着,他们在他眼里都是一个样子。他们面前摆着茶和黄油面包(艾伦面前则是一块干酪面包),都深谙贫困之道,戴着同样的低圆顶帽,脸色苍白,很有耐心,幽默,谦虚——而且保守。即使是最傲慢的那些也希望维持现状:灰蒙蒙的脏空气,不健康的食物和不制热的暖气,过期的黄色车票丢满地的湿答答的厕所。没错,这些激进分子想为所有人争取更多的工作机会和钱。动富人的蛋糕:重新分配。但是,艾伦发现,他们想要更多的钱和工作是为了继续过灰蒙蒙的昏暗且无力的单调日子。父亲爱过这种生活,他会走街串巷,与他在斯旺亨特公司和帕森斯学院认识的人们握手聊天。然后,他就回家高兴地把自己关在卧室里,写上一首诗——带泰恩塞德方言的打油诗——描述他在"纽卡斯尔的一天"……(父亲退休后变成了一位"诗人"。)而小艾伦闲着没事做,于是他把手揣进灰色短裤里研究起了海报:"阿斯科特灰犬赛:每周三和周五晚"。它的旁边是:"本周六——专场比赛——纽卡斯尔联队对桑德兰队"。小艾伦环顾四周,即便那时他已经知道这里不属于他,一点也不,不论他如何忠于他的父母。他不得不离开,不得不把这些抛在脑后。1979年他没投给撒切尔夫人,不过在矿工罢工时期他支持了她,尽管当时会因此和凡妮莎还有海伦吵个不停。理由很简单:亚瑟·斯卡吉尔说,他作为工会会长,争取的是他的后代继承矿工衣钵的权利。谁会因为自己是矿工就要自己的后代下矿井?为什么这是一种权利?这是一种可怕的肮脏有毒的谋生方式,如果可以露天开采煤矿,不用把人像金丝雀一样送下井里,这才是进步——即使这意味着他们中的两百人会面临失业。艾伦想到,在北方,有些人希望历史像《圣经》记载的一样没有尽头,万物生的时代不停更迭下去——丹尼斯生威廉,威廉生乔治,乔治生科林,科林又生亚瑟,亚瑟再生弗雷德,他们和枯槁的祖先一样做着一模一样的事。不过艾伦自豪的是,祖父当过矿工,但是父亲翻了身——是的,摆脱了该死的矿井——成了一位轮机手,接着在达勒姆开了一间大的店铺,而他自己成长为开大奥迪的房地产开发商。大卫生乔治,乔治生艾伦,艾伦生海伦、凡妮莎。一代胜过一代,这是家族的进步,因为不断有新生事物被创造。用一个词来归纳,那就是发展。

18

午饭时刻,当他们来到山丘上的灰色隔板房时,凡妮莎看起来精神焕发,坐立不安。乔什快到了,不过他的那趟纽约始发的列车晚点了。凡妮莎跳起来选了一些音乐播放,然后走向CD机调节音量,把父亲和妹妹领到客厅,再为他们摆上饮品——给艾伦的是热茶,给海伦的是金汤力——还续了一次,"我本想让他招待你。我很抱歉他要晚到了。"锅里煮着某些大蒜味的东西;和消散不掉的烟味混合在一起,如此熟悉和家常,艾伦快要在沙发上睡着了。海伦怀疑乔什并不像凡妮莎所吹嘘的那样是个"家庭煮夫"。

她没听姐姐的话,进了厨房。凡妮莎坐在桌前。她闭着眼睛,在深呼吸,胳膊在桌上摊开,手掌朝上,右臂上厚重的绿色石膏纹丝不动。

"我最近刚学会的一项舒缓运动。"

"从新的心理治疗师那儿?"

"从网上。"

海伦笑了。"那我就放心了,因为你看着就像坐着冥想的坎迪斯一样让人害怕,一个家里有俩人搞这个,那我可受不了。也就是说这玩意没用?"她指着"保持冷静,哲思长存"海报,她昨天一看到它就莫名地来气。

"何止这样,"凡妮莎说,"这东西让人混乱、抓狂——每次看到它都想给它一拳。但这是同事送我的,所以……"

"说到冷静,我想爸爸也许太享受被我们俩照顾,现在在沙发上准备睡一个长觉呢。"

凡妮莎站起身,走到炉子前看了一下炖的菜。海伦打量着她——先是挑剔地(她和往常一样没精打采),然后是无奈地;她们的童年好像就近在咫尺,往事一一浮现:在诺森伯兰郡度过的漫长夏日,和姐姐还有小狗在山丘上和树林里散步才是正经事;午后一起躺在床上用"打嗝声"说出三个以上的词,或坐在电视前观看《蓝彼得》,并急切地在纸条上记下"伦敦W12 8QT"[①]。围绕奶奶的项链发生的争吵,还有她们给对方分享过的新歌(凡妮莎会从海伦那里打听乐

[①] BBC电视中心的邮编,也是儿童节目《蓝彼得》的读者来信地址,今已失效。

队和唱片的最新消息);妈妈与爸爸吵架;旧房子附近的高山上的羊;凡妮莎在早上吃麦片时勺子疯狂地洒出牛奶;凡妮莎有一次骂海伦是"婊子"。她都一一记得,包括猛地跳到姐姐身后抱住她,凡妮莎从来不喜欢这样;这一幕幕仿佛凝结为一个水滴,她快要哭出来,却用力忍住。多么傻——傻透了!

为了给自己解围,她问道:"你觉得爸爸看起来怎样?"

"他来了我很开心。"她轻声说,这让海伦顿时五味杂陈。顿了片刻后:"他还是老样子,我猜。"

"怎么说?"

"温和,沉默寡言,还有一点冷漠。"

"绝对没你想的那样冷漠。如果他真有那样冷漠,你觉得他为什么来这儿?"

"这是他得到你陪伴四天的唯一方式。"凡妮莎说,看上去不是开玩笑。

"这没必要比较吧?我是说——如果你非要这么想的话。"凡妮莎一言不发,背对着海伦。她在拨弄炉子的火。某种熟悉的感觉又回来了,一堵坚硬、冰冷、顽固、死寂的墙,激怒了海伦。她从椅子上跳起来抓住姐姐。"又开始了,求你了!我们待在一起的时候你别这样。"她竭力压低声音。

"怎样？我刚才是开玩笑。"她说，"你总是有理，"她加了一句，转过身背对海伦，"我要'开始'的话早就发作了——对别人。"

海伦忍住没说话——在这潭死水里游泳干吗？她想出去，想回家，躺在双胞胎的可爱的儿童床旁……也许凡妮莎也有相似的心情，因为她看起来有些惭愧：她惭愧也应该。

这一切自然被艾伦听到了，他已经起身，正在下楼。他站在走廊上，只穿着袜子，白衬衫的袖口还没扣上——瘦削，健硕而衰老。

"为什么这里的东西分量都这么大？我早上点的可颂大得离谱。像一条吃了一只枕头的蛇……还有这里的牛奶少说也是半加仑起步。"

"我早就习惯了。我觉得这样挺好，"凡妮莎说，"牛奶或洗涤剂这类东西永远不嫌多。你知道，分量加倍事实上也并不会让品质减半。"

"不。可颂和这个不是一回事儿，"海伦说，一如往常的轻快语气，"分量加倍，口味就减半了。我和你吃的是一样的早餐，爸爸。"

"好，好，我们不要争论这个了，我本来只想换个话题而已！我早上都在闲逛。你住的小镇很有意思，凡妮莎。很多好东西——百老汇大街，是叫这个吗？

小镇大街。旧犹太教堂,紧挨着危楼的漂亮建筑,还有迷人的旧维多利亚拱廊……"

"有时我走在百老汇,看到的都是十九世纪的死者,他们在撑着阳伞散步。这是一个有点悲伤的地方,这么看的话。"凡妮莎说。他们俩都朝她看,不确定她是不是在开玩笑;她显然扮演起了抑郁症患者的角色,忧郁而敏感。

"我能看得见死人。"海伦气呼呼地说。

艾伦赶忙接着说:"还有那些到处都是的奇特的美式教堂——我喜欢纽约市第一浸会教堂。你不会只想当第二第三浸会教堂的教徒的,不是吗?"

"哦,爸爸。"

"唔,我是说……还有第一浸会教堂的牧师,还是别的什么来着,好像在教堂外有自己固定的停车位,像一名CEO一样。汝不可泊车于此。"

"真的有这条标语,还是你在开玩笑?"海伦问道。

"真的如此。"——不过艾伦在使眼色,像是在鼓励她们去质疑自己。

"乔什到了!"凡妮莎高声说道,随即大门被打开。

他放下自己的双肩包、脱掉外套,就迅速朝厨房走去,近乎飞奔。乔什是高个子、瘦长、脑袋大(不过这点很难确定,因为他的黑发太厚啦)。他看起来比房间里的其他人都要活力四射,这部分得益于他放松的纤细的身体,还有他的衣服——运动鞋,旧牛仔裤,一件灰色T恤——上面印着"我有一个秘密计划"。凡妮莎用无碍的那条胳膊扯住他,探出身子和他接吻——时长对旁观者来说不太友好。然后是介绍的环节。乔什很迷人——或者说很讨喜——而且充满生气。他问了他们很多问题,问他们对萨拉托加、对纽约、对他们家的印象,还为他们续上饮料。他给艾伦和海伦带了礼物。

"你是在哪找到这个的?"艾伦在拆礼物时惊奇地问道,这是一份二十世纪三四十年代诺森伯兰郡的旧地图。

"纽约有太多宝藏啦。"乔什说。海伦的礼物是一本1976年的破旧的怪书——像是一本小册子或故事书——卢·里德的诗歌和歌词集。(凡妮莎告诉过他海伦很喜欢卢·里德。)他自得地说这本书只发行过四百册。

他很年轻,而且的确帅气,海伦心想。作为无娃的成年人,他像一个自由、不负责任的天外来客。凡妮莎的脸上现在浮现出满意、被幸福眷顾的神情,像一只浸在蜜罐里的猫。海伦偷偷地端详乔什,想找出他的魅力来源。他的鼻子很大,像艾伦,她喜欢大鼻子。他有一双好看、灵动的眼睛,眼光温柔,眼窝的弧度很特别。迷人的黑眸散发着莫名诱人的内疚感。对,冒入脑海的是这个词。乔什开口说话,她注意到他在发"r"和"s"音时会咬舌,舌头稍微大过于嘴——像一只巢过于小的鸟,一个脚已经长得袜子穿不下的小男孩。这让他看起来像英国人;英国人好像非常擅长这种恶习,而美国人,她心想,很少这样咬舌。由于是他,这一点也不再是缺点了,这甚至让他更有魅力。

午饭时,除了乔什每个人都喝了葡萄酒;他拿一个斯基德莫尔学院大马克杯大口喝着咖啡,这让艾伦很意外。他们谈了一会儿萨拉托加,奎里这一家现在为了保险起见都不接之前的话题聊。乔什并没有意识到这个话题在昨天已经被聊崩了,他引导着对话。他说话太吵了,艾伦心想。乔什问他们知道这个小镇在詹姆斯·邦德系列片《007之金刚钻》里出现过吗?艾伦知道。他们知道所罗门·诺萨普吗? 就是那个为奴十二载的自由黑人,他就在这附近的多个旅馆拉过小提琴,有天在小镇大街被绑架,然后被卖到路易斯安那州。海伦知道;而艾伦,也在早晨散步时看到百老汇街上的一个告示牌在纪念这个可怕的事件。

"你知道萨拉托加是著名的英国战败地吗?"乔什

俏皮地问道,不过出于某种原因只针对艾伦一个人。"约翰·伯戈因上将和英军在1777年9月被打得屁滚尿流。这是这场革命战争的转折点。"

"我上学时听过类似的说法,很久以前。怪不得你们小镇主街上到处都是该死的美国国旗。"

"说的对……冲吧,美国人!这很可悲,不是吗?市民生活就像一场永无止境的体育比赛,谁在无脑的啦啦队里持异议就会被踢出体育场。从'911'以来这变得更糟糕了……我喜欢的一位作家说过一个伟大的笑话,如果美国出现了独裁者,在这个国家不会被称作'老大哥'或'敬爱的领袖',而会是'教练'。"

"乔什非常讨厌乔治·W. 布什。"凡妮莎补了一句,脸上的崇拜让海伦和艾伦有些吃惊。

"但愿你也是。"海伦对姐姐说。

"哦,当然,"她回答道,有些心烦意乱,"快吃。"

"我觉得费解的是,"艾伦说,"这个上流出身的时髦小伙忽悠普通的美国民众,让他们以为他站在他们那一边——是人民的代表。我不喜欢我们英国的阶级体系,不过它有一些好处:我们可以看破谎言。他的假口音会出卖自己。就像查尔斯王子假装自己是伦敦东区人那样明显。"

"但是,如果你抛开这一点,"乔什飞快地说道,一脸漫不经心,好像艾伦的观点真的不值得推敲,"他当然是人民的代表。他很像他们,因为他也是一样的愚蠢和无知。公众会把他当自己人。"

"美国真的出过一位聪明的政治家吗?"艾伦问道。乔什选择不接话,只是用眼神对他表示理解。

"嗯,参议员奥巴马怎么样?比任何我能想到的英国政客都要好。"凡妮莎说。

"而且我真心希望他成为我们的下一任总统。"乔什说。这位来自伊利诺伊州的参议员刚刚宣布了参加总统竞选。

"他要收拾很多烂摊子。"凡妮莎说。

海伦委婉表示父亲完全是个爱国者,只是态度不那么张扬。

"不是的。我不信仰爱国主义——完全相反。我的一位历史老师曾经告诉我们,历史上的多数恶行都打着爱国主义和民族主义的旗号。

"那个喊'英国乱套了'的老师吗?"凡妮莎问道,有意引他往下说。

"华生先生。'老油'……这是他的外号。"艾伦朝乔什侧过身,后者早就领先所有人吃完了午餐。"有一天他进了教室就把他办公桌上的东西扔到讲桌上,然后把废纸篓倒扣在讲桌上。接着他站在这堆乱糟糟的东西后面高喊——他很戏剧性——'1387年,英国乱套了!'我永远忘不了这件事——怎么能忘呢?"

"1387年? 还是1487年? 或者其实是1660年?"海伦笑嘻嘻地问道。

"嗯,我忘了。你瞧,我总是说1387年,不过其实我记不起准确的日期。"

"什么时候? 二战期间吗?"乔什问道。

"二战后。1947还是1948年。"

"所以他指的是二战后的英国。他口中的'乱套'。"

"对,我觉得是这样。"艾伦不愿多说了;他低下头,摆弄着手表。

乔什没发现他让艾伦有些不耐烦了。经常有人——大多是女性但也不只是女性,最开始是母亲——告诉他,他说话时的急躁会容易让人疏远他,别人会把他的快言快语当作他在竞赛。试着展现你和他们是同一方的,而非对立的。这是至关重要的。更加温和一些,慢一些,更多地倾听。乔什将其理解为:尽管你可以看到前面的三步棋,你也要装作你看不到;欺骗是社会机器的润滑油。他喜欢凡妮莎的一点是她从不试图纠正他的行为,而是用自己的速度配合他的(另一种急躁,更安静、内显,但是必要时还是会雷厉风行）。

"成长在战乱年代一定很艰难。"乔什说。海伦发现，他为了弥补自己轻微的咬舌音，偶尔将自己的下巴别扭地扭动，就像有人在一个很紧的锁里转动钥匙。

艰难吗？他那时很小，艾伦记不得了。

"我有一个愉快的童年。我的父母把我保护得很好，我想。今天的孩子更不容易。我不想做一个生在这个时代的年轻人。战争结束后我们看得到前途光明，尽管经济是一片废墟，食物限量配给看起来遥遥无期。至少我们觉得有希望。事实上我开始工作是五十年代末，那时候一切已经渐渐放开了。首先，有了公立医疗系统和福利制度。与我小时候相比，发生了翻天覆地的变化……突然之间大家都可以免费补牙。我小时候，看到一个男孩穿自家姐姐前一天才穿出门的外套并不稀奇。一切都在蓬勃发展。我们依然是制造大国！你知道五十年代世界上最大的汽车出口国是哪个国家吗？英国。现在，所有的英国汽车公司都是外国人开的。"

"不过，今天的全球经济形势不同了，"乔什说，"不是吗？创新替代了复制。福特法则——流水线式地生产大量的 T 型车——让位于摩尔法则。"

艾伦想回应，但是不知道乔什说的"摩尔法则"指的是什么。也许这家伙在用自己的方式表示友好？

"七十年代我们有一辆简森'拦截者'跑车①。"海伦不痛不痒地说。"嗨，我可以从你脸上的表情看出你不知道我在说啥，"她转身对着乔什，"这是英国有史以来最酷的跑车。"

"经常抛锚，"艾伦补了一句，"马特·巴斯比爵士②有一辆，卡林顿③也是。"

"还有约翰·博纳姆④。"海伦说。

"最后全被海伦毁掉了，她给自己的第一支乐队起名'简森·拦截者'。打那之后我就不能正眼看那辆帅气的跑车了。"凡妮莎有点激动地笑着说。

"我也不是没有认真对待这支乐队。还记得朱利安·威克尔吗？那个特立独行的鼓手？"

"我记得。"

海伦放松下来。他们也许完全合得来。乔什可能有些紧张，她不确定父亲是怎么看待他的。不过倘

---

① Jensen Interceptor，一款在 1966—1976 年推出的旗舰双门四座跑车。
② 英国传奇足球教练，曾任曼联俱乐部主席。
③ 英国外交大臣。
④ 约翰·博纳姆（John Bonham），英国著名鼓手，齐柏林飞艇乐队的成员。

若她盯紧他们,她也许能让他们双方都感到愉快。她就是干这个的,每天都活在竞技场——挫折大学——这是温柔敏感的乔什和幸运的凡妮莎从不需要涉足的场域。反正有问题的不是乔什。凡妮莎才是反常的那个,一种负累:瞧她是怎么转移关于父亲的话题又被反抛回来的。

凡妮莎单手端走餐桌上的盘子,晃了一下,碰倒了一只灰绿色的小碗,看着这一切的海伦心生一种伸张正义的快感。它撞到乔什的盘子上,碗口的一块精美碎片跳到海伦膝上。"到我这来了。"她说着,并且用手指小心地捏住它裂开的新的缝隙处。

凡妮莎站着没动,悲叹道:"我最爱的碗!我唯一在乎的那只!"

乔什说他们可以轻松地修好它,艾伦补充说她受不了那条裂缝。海伦用手摩擦着白色碎片,反倒十分享受这个小小的悲剧。

"你不明白。这不是碗的问题。我当然可以找做它的陶工重新做一个——他就住在附近。只是这会让人产生这样的想法:你最珍视的东西最终都会被夺走。"

"那么这是非常值得的一课。"海伦不动声色地说。

"见鬼去吧,别烦我。"凡妮莎说。

"好吧,我想出去走走。"艾伦说着,一边拿起自己的外套和羊毛便帽,连走带跑地出了门。

19

他希望自己还没戒烟。他大口地吐着雾气,不过这绝没有吐烟过瘾。天很冷,空气稀薄,一片寂静;在黄昏的笼罩之下,万物仿佛正认真准备着进入漫长而酷寒的夜晚。艾伦这才体会到凡妮莎这儿的绝佳景色——田野苍茫,逐渐消失的地平线沿线的群山在暮色中闪着蓝色或蓝粉色的光芒。它们在发出召唤,山丘一向如此:你怎能不朝它们走去?群山升起,就如人的抱负。他是北方人,固然爱山。有一次他在填一份商业问卷时,最后一问是"你理想中的旅行"。他的答案是"开车北上"。有趣的是,凯茜当时突发奇想填的是"坐火车去南方"。他要问问凡妮莎这些山的名字……他和凯茜在二十二岁时相遇,一年后结婚。艾伦天真地着了迷,不可自拔。你绝不可能再这样爱第二次。她个子高挑——略微尴尬,甚至高过了他——"中产"气质,把头发编成一条长辫,他从未见过其他女性这么做。

他身后的门开了，木梯上传来一阵稳步下楼的声音，接着是踩在厚实的雪地上的刺耳的咯吱声。

"你没有走远。"凡妮莎说。

"太冷了。"

不过，他们还是往房子相反的方向走去。他对他们马上的谈话感到不安，但又因为这种酷寒能缩短谈话的时长而倍感安慰。

"你知道刚才关于碗的事我是在开玩笑吗？尽管看上去不像。"

"唉，凡妮莎——你现在要告诉我，海伦在惹你骂她的时候也是在开玩笑吗？"

"不，我不认为她是在开玩笑，天啊。"

"听着，比起你和海伦，我的角色很单一。"他的一生都待在忧郁而复杂的女性身旁，先是他的罹患抑郁症的祖母：他自然绝不会公开讲这些。"有时候，努力扮演这个家里的开心果，让我倍感疲倦。也许这点看似并不费力——你会以为是我的乐观天性使然了——'他是爸爸，他就是这样，天生就很开朗乐观。'但是我的乐观并不像一艘永远漂浮的船一样毫不费力。我的乐观是人为的。我要一直为它付出努力，不然我就会沉入海底。"

"抱歉，你并不需要来这儿为我鼓气。"

"这不是我来这里的理由。我的本意不是这个。来到这儿我很开心,我从没参观过你居住的地方。"

"你觉得如何?"

"乔什吗?"

凡妮莎自豪地笑道,"我说的不只是乔什。不过,那就从他开始说说。"

艾伦愣了一下。他觉得乔什有些将他当作被淘汰的一辈里倚老卖老的怪老头。

"你给我讲讲他。"

"老爸,你会喜欢他的!没错,他很真诚、热情,也许有点争强好胜。犹太人的锋芒。他喜欢自我表现。男性的那点虚荣心。他的父亲是一位芝加哥律师,母亲是一位心理治疗师。他有两个弟弟。就我所知,他的家庭日常就像法庭审案现场——辩护方做出证词,原告方做出证词,晚上在饭桌上定罪。三兄弟必须就一个随机话题连续聊十分钟而面不改色。这是他们的家族游戏节目。我猜,这种氛围一般会培养出那种类型的男性。不过他不仅仅聪明过人。他绝对是你见过的最高尚、善良、有底线的正派人士。"

他喜欢听她喊"老爸"。一种莫大的慰藉。他对一切最高级形容词都抱持怀疑态度——它们是浪漫化的产物。不过她谈起乔什的精英家庭时带着何等的仰慕——"这是他们的家族游戏节目!"奎里家族真是望尘莫及。他们的家族游戏是什么?"大富翁"和怒火?拼字游戏和争吵?每周六晚在电视上观看布鲁斯·福尔塞斯的《世代游戏》?艾伦曾经的理想是当一名律师,而且在大学时开始进修法律——不过现实世界充满了各种诱惑。

"他的确是一个帅气的小伙。不管怎么说,我才见到他。你很喜欢他,这是很显然的。"

"是的,爸爸,我确实很喜欢他。"

"嘿,我们别走太远了——我不想返程走很久。对了,你在家里可以看到的那些在地平线上的山丘,几分钟前泛着迷人的粉紫色光晕。它们有名字吗?"

"当然。叫阿迪朗达克山脉。"

"啊,跟那趟火车一样。"

"是火车跟山一样。"

"我可以问你一个问题吗?"

"我有不好的预感。"她很容易惊慌,就像小时候听到大人们在盘问时用"我得跟你讲讲理"作为开头。这一点太明显了——就像二鸟争食。

"乔什真的和你一起生活吗?我知道这听起来很奇怪。只是……一点他的东西和痕迹也没有。全是你的——你的书、唱片、画和海报。"他喜欢这个家正是因为这一点。

"哎,你怎么知道哪些是我的画和书?是和你上次来看到的相比吗?我不想对你说话刻薄,爸爸,但是你为什么弄得像探案一样?"

他没说出口;这是因为我是被喊到这儿来查明情况的。

"你说的很对,我应该在几年前就来一趟的……不过我喜欢夏天你来诺森伯兰郡看望我。这让家里不再空荡……瞧,因为昨天我们来的时候乔什不在,所以我有点混乱了。再加上你的家——我是想说这很好——看似就是你个人的空间。"

"这是合理的疑问,抱歉我理解错了……乔什是个足迹很轻的人。他不爱堆积东西。所以,没错,这个房子主要是我在用,虽然我只是在里面租住。而且他的工作需要经常出远门。这都是你知道的。我们喜欢现在这样。"

自以为是的"轻足迹"。为什么乔什的工作总是需要出门远行?乔什穿着睡袍坐在桌前就能完成他的大部分工作:一只手拿着好使的笔记本,另一只手握着他半勃起的老二。

"哦,那很好。"他说。

"对啊,很好。"

一边为自己糟糕的处事能力感到绝望,一边受复仇心的作用,他补了一句:"乔什和海伦一直在担心你,但是现在看来没有什么好担心的。照你这么说。"他尽力克制自己不去发抖;他的身体因为用力而僵着。

"乔什当然一直很不安,他很富有同理心。我总是一点也睡不好,而且当你不睡觉或失眠一整夜时,你就会冒出各种'坏念头'。过去的心魔……"她叹了口气,"我……的问题是,睡觉时我的脑袋里就会响起一种音乐,不是舒缓的音乐,它在我脑子里无限循环,变成了一种折磨——就像美国人在关塔那摩将音乐用于酷刑,尽管他们播放的是布兰妮或重金属乐队这样的歌,而我听到的是舒伯特或者比尔·艾文斯的爵士即兴小段。难受极了,我只能这么说——真的非常可怕。不过在圣诞节过后,事情有了好转。哦,确切来说是在我胳膊折了之后。"

"而且在疲惫的时候,你的身体机能没法正常运转,而失眠会引发抑郁症。这是人所周知的。"他想对她有所帮助,特别是在实事上。这个关塔那摩的比方似乎有些表演性的成分。

"如果你没有经历过真正的失眠,那么你体会不到!我弄折了胳膊,是因为我当时太累了,几乎完全没法走直线。所以我在爬了三年的楼梯上滑倒了。但是奇怪的是,在出事两周前,我这只胳膊就不怎么好用了,就像我的身体知道我后来会折了它。"

"不怎么好用?"

"我的手肘到手腕之间会感到尖锐的疼痛,而且我的手臂沉重得举不起来。"

"瞧,其实我时常也会失眠,我找过、试过不少法子,最后发现,有一个办法真的奏效。合适的枕头——一个结实、低致敏性的好枕头。我的枕头是罗兰爱思的,不知道美国能不能买到这个牌子。"他知道自己有些跑题了,但又不知道怎样将话题进行下去。

远处传来一阵声响,一种不规则的轰鸣声,像一辆大型柴油机碾过,后面噪音开始变强,接着突然像水一样迸发,仿佛一条流经他们的深水河,特别响、非常近,像漫过山谷的大江,奔流不止,涛声拍岸。

"哪里传来的声音?"他欣喜地问道。

"就在那儿,山谷里。离我们现在的位置大约五百码远。对了,它不是客运列车,是货运列车。从现在到明天都是货运。我经常在凌晨三点听到一辆极长的列车驶过。"

"但愿驾驶员会鸣笛,"他说,天真得像一个小孩,

"我喜欢这种鸣笛声。"凡妮莎看着他笑了,笑来自无可奈何的怜爱,他在黑暗之中并没有看到。驾驶员真的鸣笛了,美式大喇叭——在山谷里回荡,混合着哀伤和喜悦。又是那口琴声、那汽笛声,那些不成调的音符……

随着他们走近房子,两个大人的黑影以及一旁无法无天的吐气的狗正咯吱咯吱地朝他们走来。身影逐渐清晰起来;男人身形圆润,女人纤瘦;两人裹着肥大的荧光尼龙外套——艾伦这时看出是鼓起来的连帽风衣。凡妮莎似乎认识他们。她停下来和他们问好,并且介绍了自己的父亲。大家互相问了好;艾伦表示自己在这里不会逗留超过一周。"一周?请多待几天。"男人说,他好像对艾伦的造访格外感兴趣。这对男女的态度都十分友好、温和,但同时带着治疗师、护士、医生那种略微居高临下、同情的语调。被拴的那只狗喘着粗气往上跳。"好好养你的胳膊,凡妮莎!上帝保佑!"女人说道,随即二人继续往前走。

他们是住在隔壁的邻居,他们家姓登特。杰里从事计算机方面的工作。"他们是福音派基督徒。"凡妮莎称。

"所以有了'上帝保佑'这茬。"

"他们相当热忱——在一所非常热闹、虔诚的教堂做礼拜。但是这没有什么不好,和这些地方相比,我……哦,它很受欢迎,门外挂着一张电子标牌,上面写着'灵魂的面包:每周日新鲜烘焙'。很有名。"

"哦,亲爱的。在这附近吗?"

"在马耳他。"

"马耳他?"

"哈,我现在都不会特别留意地名了!沿着这条路就能到马耳他。一个附近的小镇。"

"像特洛伊。"

"没错。"

20

回到房子里，只见乔什在笑着给海伦展示他笔记本里的东西。他伸手揽住凡妮莎——她的外套和小羊毛帽还没来得及脱下——让她紧挨着自己，这样他们三人站在一起看眼前的什么东西。艾伦站在原地未动。他并不反感科技。他讨厌的是屏幕对人的支配，这些狡猾的"偶像"无处不在，发着荧光的圣徒们从每面墙之上向下实施着电子监视。屏幕替代了窗户。隐私的废除加上隐私的强化——每个人都沉溺于自己的小设备。这不是他的词，是凡妮莎的，他稍稍篡改了一下：她曾经写道"科技带来了废除隐私的危险，同时保证了隐私的私有化"，他起先并不理解这个短语，听过解释之后才明白；他后来觉得这完全是天才式的表述。《波士顿邮报》的一篇会议汇报就引用了凡妮莎了不起的表述。他突然意识到凡妮莎和乔什第一次见面一定就是在这个研讨会上。）

艾伦看着他们三个：真就是孩子。他的首要任务是让海伦和凡妮莎在愚蠢的争吵(关于碗)之后和好如初,但是乔什在这里让他不好意思做这件事。不过,姐妹俩似乎已经达成了某种和解。"我们刚才遇到了邻居,"他避重就轻地说,"他们在马耳他的一座教堂做礼拜。"似乎并没有引起任何人的关注和惊奇,他们都还在盯着屏幕,于是他继续说道:"去马耳他的教堂做礼拜要好过去这儿的第二浸会教堂。"

"嘿,你以前讲过这个笑话,"海伦说,没有抬头,"你出局了。"

"没有人完全听懂了,"艾伦说,"所以我再讲一遍。"

"休斯顿的第二浸会教堂实际上是美国第二大教堂,"乔什说,"真奇怪,是吧?它就像一个怪物。"

"他是怎么知道这个的?"艾伦问道。

"凡妮莎去过马耳他的那座教堂。"乔什称。

凡妮莎脸上露出些许尴尬,艾伦心想,无论乔什是什么动机,这样公开揭露她的事情是不太厚道的行为。他尽力克制自己不去为这个大女儿辩护。她可以自己照顾自己。他试着像二十世纪六十年代的开明教皇那样行事,简而言之:观全局,少干预。

凡妮莎轻声解释,自己是好奇心使然,作为一个邻居和"哲学家,假如这么说这不会言过其实的话",

她好奇登特一家会去什么类型的教堂,而且想"看看它到底有多么狂热和奇特"。教堂的会众非常友好,并且思想出奇地开放,布道仪式有很高的智力含量,而且她看到其中有两个而不只是一个自己的斯基德摩尔学院的学生。保持开放的态度很重要,她补了一句。

"你不会是突然信教了吧?"海伦问道。她在说"信教"几个字时带着几分鄙夷的语气。

"哦,宗教只是形容某种神圣的东西,"凡妮莎说,"音乐对你来说就是一种宗教。"

"我想你说的对。"海伦说,为了使让步不那么明显,她一边在手袋里搜寻自己的黑莓手机,找到后皱着眉头盯着它。她似乎决定说点什么:她闭上眼,并且伸展了自己修长的脖子。她看上去像个母亲,艾伦心想,他的这个念头并不是出于某种明确的理由。

"我也许会退出我现在的教堂,说实话,"海伦说道,"索尼再见。"

"哦,你说的我是头一次听到。"凡妮莎说,转头一脸天真地看着艾伦。

在这个节点离开索尼,海伦解释道,对她小有成就的职业生涯而言是最正确的一项决定;她不想再一直出差。假如她现在离职,她还年轻,来得及在同一个行业另辟天地。企业生活并不真的适合她,她一边说一边勉强地做了个鬼脸。

对凡妮莎来说,海伦似乎一直没变,还是十几岁时的她:有威慑力、稳健,只在面临压力时才变得易于亲近。即便是现在,做了母亲,她身上还带着以往激情岁月的那种光彩,交往活跃,完全不像凡妮莎星星点点的平淡的实验性的感情生活——直到乔什出现之前!过去流言种种:海伦曾经交往过某个知名制片人、吉他手或歌手。"碰撞试验假人"乐队里的那个黑头发的家伙……乔什帮凡妮莎扳回了一局,谢天谢地。海伦继承了父亲身上一种强烈的异类的威严气质。"异类的威严"这个表达是凡妮莎临时在脑海里组织的,就在她看妹妹戏剧性的威严表演时。和爸爸一样,海伦具有一种从世上的干扰和纷争挣脱出去并且做好手头事务的能力,做一件事时她全然投入,屏蔽了一切其他事物。艾伦身上几乎没有那种传统性的父辈威严。他极少发脾气,从不情绪化或者仗势欺人。他没有霸凌过任何人。他的权威来自他可以超脱于俗世,扮演一个父亲之外的角色的能力。这是一种自我放逐的能力,王者撤政,解除赐福——他如一位国王,海伦如一位女王。在事业上,他们展现出可以专精于一件事的一面,而且她认为他们这种专精天赋对自己世俗意义上的事业无成是一种责备。她真的就缺乏专注力、上进心和存粹意志吗？她是否具备过当哲学家的实力？也许在读博期间短暂具备过。也许后来在普林斯顿大学的那两年，她的心思都放在哲学上，也许那两年的自己仿佛一个思想上的运动员，桀骜不驯、心无旁骛，具备超强耐力和足够的恒心。《清心志于一事》——她从来没读过克尔凯郭尔的那本书（你读了一本克尔凯郭尔之后，就相当于读完了他的全部，一本《致死的疾病》对她来说就已足够），不过这个书名对她无疑是一种嘲笑。她做不到"志于一事"，她没有一颗"清心"。她现在不志于任何事情，除了留住乔什。不论如何，哲学不是——也不可能是——仅仅"一事"。但是，做音乐或者开公司同样不是。他俩身上的这种他者性到底是什么？仅仅是在充满了妥协（她对生活的理解）的日常里不做让步、死磕一件事直至成功的能力吗？

凡妮莎起身去煮咖啡。她记得在父亲办公室度过的那个无聊的午后。年幼的她还不懂发生了什么，但是印象很深的是，工作时的艾伦完全变了一个人——他仿佛披上了魔法披风。他在用一种可以说是体系封闭而连贯的新语言说话，而且他能流利地使用这种语言。他在等一位下属来照看自己九岁大的女儿;他两次从办公桌前抬头看向她但目光穿过她:虽谈不上冷落,但是并无关切。她不禁想象,和父亲如此相像的海伦在索尼也是这种作风。

打开海伦话匣子的是乔什:"了解科技的人都明白现有的音乐工业体系已经远远落伍了。不是吗?可以说,十年之内唱片店就不复存在,激光唱片也会像老式的78转唱片一样变得过时。"

"也许不会那么快发生,"海伦一边说,一边身子前倾着,现在显得更加有生气了,暂时丧失了吸引力的黑莓手机这下被遗忘在她的左手,"不过未来的趋势就是如此,没错。这是基本情况。从录音棚、电台转向电脑、手机和显示屏。"

"音乐视频的确杀死了电台歌星,"乔什兴奋地说。

"在我的脑海里和车里①,"海伦用手捂着嘴哼起来。

"这是一首热门歌,爸爸。"海伦解释道。她的眼里闪着光。"问题是,录音棚变得无足轻重了,或者说将来是这样;不再是重要平台——意义不复当初。音

---

① 英国新浪潮乐队 The Buggles 最热门的单曲《视频杀死电台歌星》的歌词。

乐家将拥有更大的影响力——"

"因为,往后他们可能会自己来做唱片的录制、生产和宣传,"乔什称,"厂牌属于他们自己。"

"对。这样才公平——过去数十年,音乐家实际上一直受到录音棚的苛待,被强加惩罚性合约,市场宣传也总是掉链子。性手枪乐队的马尔科姆·麦克拉伦是很好的例子。还有摩城唱片公司——这些音乐家大多数都颗粒无收。他们不得不起诉伯瑞·高迪①欠他们的版税,然而他凭借摩城大赚了一笔。你知道为什么你很少在摩城唱片的歌里听到钹的碰撞声吗?"

"不知道,不过你肯定会告诉我。"乔什笑着说。真轻佻,艾伦心想,蓦然警惕起来。

"因为这些唱片有很多是在底特律的普通民居的客厅和地下室里录制的。麦克风的音质不够好——钹的碰撞声会盖住人声。实际上,我对此有十分不切实际的想法。我从没干过唱片制作人,我最开始是一名会计,因为我拿的是经济学的学位,大家认为我'懂钱',后来我还成了'高管'什么的。我认为我们快到了这样一个节点:像我这样按照传统看法最多是财务

---

① 摩城唱片的创始人。

高管、最差是敌人的人竟然可以成为优秀音乐家的友军。我希望帮助他们获得解放,发挥出他们的天赋。回到摩城唱片的模式,但是杜绝剥削的做法。发起一场革命。"

"这听上去确实很乌托邦。"端着咖啡壶回来的凡妮莎说。她想要自己听上去尽量客观。

"必须是乌托邦的,因为我要做的生意至少一开始的运作方式像一个慈善机构。"

"但这不是慈善对吗,它必然要商业化?"艾伦问道。

"哦,对了,爸爸可以加入。"海伦兴冲冲地说道。

"你愿意吗?"凡妮莎问道。艾伦耸了耸肩,摊开双手。那一瞬间,这两个女人都期待地看向他,就像他只有四十岁而她们还是小孩子的时候,她们不过是想要他出门来推秋千——秋千是他安在巨大的黄褐色山毛榉树上的。妈妈不愿意继续推了。不过如此:他可以办得到。

"行吧,我可以。"他回答。

"你能做什么呢?"凡妮莎问道。艾伦说自己不确定,但是他白手起家开了一个还算不错的公司,也许能帮上忙。

不知为什么,一句本来在自己熟悉的环境里很容易说出的话却令他尴尬。在萨拉托加温泉市的这间房子里,他的下一代也许是另外两代人正注视着他。他接着说自己有几项商业准则这些年来他一直很受用。或许有天他会把它们写进一本书里。乔什问是什么,艾伦又莫名其妙地害羞起来。"哦,你知道第二次世界大战中我们打败德国的真实原因吗?"

"等等,我们指的是……?玩笑话。"乔什说。

"因为我们的补给线比德国的好。这是事实。英国人甚至比雷厉风行的德国人还要更高效……哦,平民生活也是如此。你的实力强弱取决于你的补给线,包括供应链的上下游。解决补给的问题,找到你真正信赖的人,事情就完成了一半。"

"有意思。"乔什说着一边转过身。

"爸爸的'准则'在我们家是出了名的。"凡妮莎高兴地说。她喜欢和家人一起的感觉。其实这是她唯一真正想要的。"有些很有道理,还有一些过于玄乎。谁想喝咖啡?"

"哪里玄乎了?"艾伦问,一边装作受伤的样子对凡妮莎笑。

"那一条,你说任何时候都应该倒着车进停车道,因为出发比返途更重要。我觉得这可以算作商业里的一种玄学。"所有人都被逗笑了,艾伦意识到这是他第一次听见乔什的笑声——这个小伙即使在吐气的时候也好像在吸气。

"你还说过,"海伦接过话,"父母能为孩子尽到的一个责任就是教会他们游泳,这样他们就不会溺死。"房间忽然安静了片刻——艾伦也察觉到了,海伦马上接着说,"你曾经取笑凡妮莎,那时是她吃素最认真的时候,说在吃一只烤鸡的时候很难想象它不是为了被人吃掉而创造的。"

"哈,说实话我不确定这是不是一条准则。"艾伦说。

凡妮莎一边递咖啡一边说:爸爸总是以为那些浴室里有坐浴盆的人多少有些"变态"。还有,尽管他崇拜纳尔逊·曼德拉,但还是有一个令人不安的事实——凡妮莎着重说了"事实"这个词——南非白葡萄酒的品质在种族隔离废止之后大不如从前了。而且他奇怪地会因自己从不打嗝而自豪。

"你从没打嗝过?"乔什问。

"据我所知是的。"

"这真是一项奇特的超能力。"他说。

"对吧,我也这么认为。"艾伦说,并不确定乔什有几成讽刺的意味。

21

艾伦独自坐在旅馆大厅。他的饮料正在慢慢将包裹它的纸巾浸到发烂。迪克西兰爵士乐在空中优雅地流转。他瘫坐在一张发霉的红丝绒沙发里。闭着眼。海伦已经入睡了;太晚了,不便给坎迪斯打电话——他今天没和她讲过话。他感到脆弱不安并且无所适从。晚饭时——他和海伦一起在旅馆吃的,留凡妮莎和乔什二人在家——他表达了对乔什的看法,本来他不打算说的。海伦为这个年轻人辩护了几句,她完全被这种年轻气盛所感染。感染到这种程度……今天海伦和乔什又笑又闹他都看在眼里,他们就像一对分享一支香烟的恋人;他看到了海伦眼里闪着光。作为一位父亲,他站在不得不去评判的立场,也许面对亢奋的乔什,女儿们在进行性魅力的较量:没错,从这个角度看,显然是海伦胜出。她知道怎么利用自己的身材优势。当然,他介怀的仅是发生在两个成人之间的一段小小的调情。但是这让他感到不安。不是因为海伦展现的这一面——她是在寻开心，她是一个社交达人，两天之内就会走人，她也许没有意识到这一点——而是乔什所暴露出来的这一面以及他对凡妮莎是否真的喜欢，真的在乎。他很想提醒海伦不要太偏袒乔什，但是又意识到自己最好在两个女儿面前对这件事闭口不言。凡妮莎错过了这段调情的大部分时刻；她在厨房煮咖啡，对背后的火花毫不知情。如果他向海伦提起这件事，反而可能会令她更加投入。

乔什是个很热情、有魅力且帅气的人。但是这个男孩身上那股恼人的自信是从哪来的？晚饭时，海伦说他只是太年轻和热情。她说他有点像个"技术型书呆子"。（但是也"很可爱"。）凡妮莎说他具有"犹太人的锋芒"。也许这是部分原因。

艾伦有时喜欢沉浸在这种幻想里：《旧约》不是为犹太人写就的，而是为英国人。设想一下：如果整本《圣经》讲的故事都与英国人有关！想想吧，那样的话我们自我感觉该多良好啊，假使这种根深蒂固又不外露的自信的来源是——我们的建国史即世界宗教神话的开端……这甚至比莎士比亚、牛顿和达尔文是英国人还要有用得多。也许关键就在这儿。犹太人式的锋芒。或者也许是美国人式的锋芒？他今天学到了不少东西。美国人真的将 news(意为"新闻")念作 nooze。他们的"今后"的用法,比如在"那么,今后议员奥巴马会如何谈论种族?在竞选期间怎么淡化这个问题?"(乔什把这个词念成了 foward①。)设想一下英国人怎么用这个词!……听起来更像"向后"。乔什和海伦有一个共同点,他现在看出来了,就是他们的想法都比较乌托邦——他们都相信万事正在变化或即将发生变化,一切都会往好的方向发展。他们都做日常规划。他们都认为参议员奥巴马竞选胜算很大。这样挺好。凡妮莎似乎对这种兴奋无动于衷,不仅是因为他们二人现在一起唱起了傻里傻气的流行歌并且聊起了音乐的未来,而是因为凡妮莎的心之所向以及她的研究和实践兴趣都属于古老的过去。

那么自己呢?和乔什相比,他觉得自己苍老、念旧并且好为人师。他不想给新人念旧经了。反正马上就要离开凡妮莎家不是吗,他有发表抵制电脑的愚蠢观点吗?反倒是乔什一直在聊音乐是如何不久就要用电脑来编曲而不仅仅是播放。这种笃定惹恼了艾伦,他说了一句话,大意是也许这都是真的,但是你永远没法走到电脑前面哼一小段旋律并且用电脑来

---

① 本应为"forward"。

识别它。"不是这回事儿,"乔什说,"我们的听曲识别的技术可以实现这一点。嘿,我们现在就能用我的电脑试试看。"连凡妮莎都露出了同情而略带悲伤的神情,她加入了谈话:"爸爸,乔什写了很多这方面的文章——软件有了惊人的发展。"这一裁定结果——三人一致通过——仿佛在告诉你很快你将可以到电脑跟前去哼一段音符混乱的曲子然后你就会获得识别结果:"贝多芬《第五交响曲》,第一小节。"他的脆弱感刺痛了他,尤其是看到凡妮莎面露同情之后。她显然不想当众纠老父亲的错,但是历史——或者说时代的进步——会自行纠正他。

有一个女人坐在他对面,在矮玻璃桌的另一端;他不知道她在那里坐了多久。她稍稍侧过身去,也许是为了缓解尴尬。"我可以坐在这儿吗?"她问,"其他座位都有人了,酒吧刚才也打烊了。"

"当然可以,"他不假思索地回答,带着英国人式的迁就,"反正我也不会在这里待很久。"

"哦,我又犯傻了。瞧我说了啥!"她咧开嘴笑了,他能理解她想再喝点儿酒,也许她经常小酌几杯。他推测她的年纪要比他小四五岁。她的黑发看起来染了很久——因为逾期不染,她头发的中分位置有一缕白发像冰冻的溪流一样倾泻而下。她看起来有点颓废,像酒鬼一样晃晃悠悠。但是他这个年纪的人或多或少都面带疲态;你往往会对和自己年纪相仿的人心怀好感,就像喜欢你加入过的足球队或兵团里的所有人一样。如果他看到的是颓废,那么她在他身上到底看到的是什么?

"你从哪来?"她问道。

"英国。我来这里看望女儿。"

"哦,和我想的一样——你的口音很好听。就像披头士乐队里的一个人。"

"哦,没有,那是利物浦,更偏南一点……不过还是谢谢你。"

"我去过英国,"她说,"去的是伦敦还有康沃尔。那里的雨下起来……像屎一样没完没了。你不介意我这么说吧?"

"确实如此。经常下雨。就像屎一样。是最近去的吗?"他猜不是,她最近在做的应该就是喝酒以及借睡觉醒酒然后在这个小镇闲逛。他觉得她很迷人,部分是因为她和自己面对面攀谈,但又不全是这个缘故——她的举手投足间有几分气派,这份美人迟暮让他着迷。他喜欢她的美式口音,低沉的声音以及灼人的眼睛。

"我是小时候去的,好几次。两次是坐船,还有一次是坐飞机。不对,两次是搭飞机……哦管他的呢,这不重要。两次坐船,两次坐飞机,我记得是……这里不能吸烟对吗?你觉得会有人管我们吗?酒吧里的那个法西斯小伙可能会——他刚刚发明了一条狗屎般的州法律,不允许客人在一个钟头里喝超过三杯酒。"她的嗓音逐渐升高,但是他不想表现得无礼,于是他问她为什么那么小就去了好几次英国。她说自己在纽约城长大,是优渥的特权阶级——有保姆、厨师还有一位匈牙利司机。在公园大道有一套大公寓。父亲是英国人。我的母亲,她说,是一名特拉斯克。这听上去就像一种宗教派别,或是某个政治部门的闲职。一名特拉斯克?她解释说特拉斯克是一个姓氏,她母亲祖上十九世纪那一辈在萨拉托加温泉市的郊外购置了大量地产。十九世纪九十年代,他们在自己的地产上建造了一座庞大的宅邸,设计得就像英格兰的著名庄园——她记不起是哪个了。"叫作亚多①。你听说过吗?"他没听过,不过他才到这个小镇两天。这个地名,她说,是一个特拉斯克孩子取的,与 shadow("暗影"之意)谐音。这个女孩喜欢枫树在地上投

---

① 亚多(Yaddo)坐落于萨拉托加温泉市,是美国很多著名作家、艺术家的聚集地。驻地艺术家有弗兰纳里·奥康纳、罗伯特·奥威尔、菲利普·罗斯等。

下的暗影。二十世纪二十年代,特拉斯克先辈将自己的房产遗赠给了美国艺术家们,要求亚多必须用作作家们的栖息地,打造为创意者的社区。它不对公众开放,所以他不曾有机会参观过那里。"除非你的女儿是一位作家。"

他问她,特拉斯克的继承者对他们的祖宅被永久性地交给一群不劳而获的艺术家作何感想?

"亲爱的,"她说,夸张地顿了顿,将手中的红酒一饮而尽,"你说到点子上了。并不存在直接的继承者,这真是个疯狂的悲惨故事——特拉斯克的四个孩子全都早早夭折。无一幸免。大多死于白喉。"艾伦同意说这真是惨绝人寰——人间至恸,他心想,白发人送黑发人,卡尔·马克思曾经想把自己埋在年幼夭折的儿子旁。

"我是懂的,就是关于那些操蛋的惨事儿。"她说。她盯着他,按照日常社交礼仪,他应该继续追问下去。但是他已经很累了,没法忍受她再多十分钟的夸夸其谈。

他也有自己的悲惨故事不是吗?于是他低头盯着自己的饮料,而她恰好忘了那个悲伤故事讲到哪儿了,也陷入了沉默。看准这个时机,他为要提前离开向她致歉,告诉她刚才的谈话很愉快并且起身准备离开。

"要离开的人不是只有你一个,"她说,难掩怒色,"两分钟前,我不是说过我不会待很久吗?"

"好吧,"他说,对于她的胡编乱造他只能温和地缴械投降,"好的。"

回到旅馆房间,他站到冰凉的窗边。外面是一片透亮,空气干燥、严寒——撒过太多盐的主干道像沙漠里的骨头一样干燥,堆成墙高的雪在街灯下发着蓝光。他望着她离开旅馆的身影,她停了一会儿去点烟,翻了翻手袋又拎起它继续慢慢走,步伐在这样一个冷天也许过于缓慢,她朝着百老汇的方向走远了。

在走到浴室的半路上,他顺手将合上的白色笔记本电脑放在了自己的桌上。这是它第一次被拿出电脑包,但也就仅此而已。是的,他该登陆系统看看埃里克·鲍尔有没有给自己写信。还有其他两个同事。最坏的情况——让他头痛了三年的多布森艺术中心和咖啡馆;该项目的实施时间预定在这两周。他不想打开这个潘多拉魔盒,让所有讨厌的魔鬼在房间里四处溜达。不妨留到明天吧。

22

一觉醒来,外面大雪纷飞。百老汇大道空无一人,昨晚干燥的柏油路又变成全新的白色。雪下得很急,以一种被动攻击的方式,没有声响又不肯停歇,认真地将自己的白色日程走完,这种温和的单调性取消了一切时间、抵抗和活动。艾伦把自己交付给这片静谧的虚空,这种全然的否决就像某种可怕又理想的死亡。特拉斯克家族的孩子,老天。他的父亲就死在这样一个雪天。父亲在世的最后一周接近失明,所以当他躺在医院病床上时,艾伦不得不把自己的脸贴着他的脸。"你现在看到了什么,爸?"他问,疲惫的父亲答道,用一种糊住了的声音,"我看到了一张善良的脸。"这是他说清楚的最后一句话,比他无恙的时候明显要更加激烈和激动……不过乔什的笑声——可不善良,至少对艾伦来说是如此。别在意,别在意。有重要的事情要做,如果为凡妮莎和乔什的事情烦恼那就什么事也做不好。他要提供实际的帮助,无论以何种方式。最好的办法就是打扫干净自己的屋子——先和坎迪斯聊聊,然后打开该死的笔记本电脑,和埃里克讨论多布森项目,付清债务……

还债:在曼彻斯特开办公室是一个错误。曼彻斯特没有一点进展,或者没有在他的资金范围内可以参与的项目。他来得太迟了,高原已经建成。就像亚历克斯·弗格森斥巨资签下里奥·费迪南德那样——真是一场灾难,真金白银啊——结果发现费迪南德辉煌不再。曼彻斯特办公室的租金很贵,还从纽卡斯尔调了两名职员过去坐镇,他们就坐着无聊地打发时间,处理邮件,琢磨晚上去哪家夜店。最近网站设计的价格出奇地高。艾伦原本以为存在感不高的工作就意味着不高的价位,当埃里克说出他们到底欠摩门的盐湖城设计公司多少钱时,他努力掩饰自己的震惊。

比这个小事更加令人难受的是奎里控股的最重要地产——位于四个北方城市——的价格剧烈下跌。他们亟须抛售桑德兰的赛登,反正这栋商住两用楼还有一半空着。他们不得不这样做,来支付其他的债务,还要取出劳埃德银行的利息来维持纽卡斯尔的多布森项目的运转——这是艾伦曾发誓避免陷入的一个相互掣肘的境况。但是没有人对赛登感兴趣,即使是在他们去年年底以丧心病狂的七折抛售时。灵活控价，哈！约克待售的两处地产也是这样，这个城市的房市之前的走向一直良好。公司的规模很小——算上他一共十人——资金流一直不大。它曾经靠着精准判断和压缩成本而生意兴旺。公司就是他的写照，像他一样：组织高效，精干，而且能量的储备和消耗比率合理。

在他的成长岁月，腐败的市议会成员、违法犯罪分子和道德沦丧的恶毒地主遍地横行，暴力威胁像家长的禁令一样笼罩了一切。《找到卡特》是一部乏味的奇幻片——抄着伦敦东区口音的奶油小生迈克尔·凯恩真来了纽卡斯尔会坚持不过一天。他的口音出卖了他：一位外来者。影片开头出现的纽卡斯尔酒馆艾伦很熟悉：凯恩要屈辱地等上超过五分钟才能喝到一杯高杯装的啤酒。如果永远等不到呢？永远轮不到你？艾伦对影片里的世界不感兴趣，也对害人的生意不感兴趣，于是他将这个疑问抛在了脑后，这无疑是他没有跻身房地产开发商第一阶梯——也许连第二、第三阶梯也没有——的另一个原因。哦，算了吧：他为公司在三十年内只搬迁过两次而自豪。其次，他有成功的决心和渴望——但并不是不计代价。我看到了一张善良的脸。你可以做一名善良的成功商人吗?这些天他常常听到父亲晚年对他说的话,"瞧瞧那些发家致富的人,哪个不是大骗子。"他觉得父亲总体上是对的,也许这解释了为什么他自己如今年满六十八岁既不是骗子(至少他这么认为)也没有发家致富(呜呼哀哉)。虽说如此,不想致富是一回事,把这些年积累的家业都挥霍干净又是另一回事了。不当一名冷血的成功资本家是一回事,做一个失败的资本家——自戕一刀、血流不止又是另一回事。他就是这样对待自己的,这是痛苦的来源。他受到了扩张的诱惑(自愿的):招更多的员工、开新办公室、建更多的楼,部分原因是其他人都在扩张,就像在一个猪圈里,如果你不挤过去,吃不到饲料,就会觉得自己很失败。

他没有打开潘多拉盒子,而是给埃里克·鲍尔打了电话。纽卡斯尔现在应该是周日的午后。埃里克在做的事情应该就是这二者之一:骑行(他是一个狂热的自行车手,装备齐全:特轻量级的中国制造自行车,甲虫头盔,橘黄相间的弹性面料,还有同样面料的紧身裤,这裤子让埃里克受罪的裤裆格外引人瞩目,总让艾伦想到男性芭蕾舞者的谜之部位)或者看/准备看电视上的体育节目。不论体育节目有多沉闷——就像出现在众多无聊脚注里的一条学者注释——埃里克都能高兴地看下去。

拨号之后,他听到熟悉的约克郡口音——低沉、鼻音腔、文绉绉地——"您马上就要接通埃里克·鲍尔"——并且开始出现留言提示,这时埃里克接通了。

"我没有认出你的号码。你还好吗?"

"所以我真的接通了埃里克·鲍尔。"一则无聊的陈年笑话。

"没错!我们本打算在山丘上骑行十英里,但是天气……所以你没收到我的邮件吗?连留言也没有吗?"

"萨拉托加温泉市正在下雪。下雪!我没打开笔记本电脑。没时间。我在这里很忙——另一种意义上的工作,不过仍然是工作,你懂的。"

"啊呦,你想先听坏消息还是超坏的消息?"

"哦天啊!"

"市政府想停掉多布森项目。他们撤走了所有资助。在我看来,这事基本上算是黄了。"

"看在上帝分上,到底是为什么?"

"因为木匠工会宣布他们会告政府违反合约。"

"木匠?UCATT[①]?我们的问题应该出在水泥

---

① 建筑工人、建筑及相关行业及技术员工会。

匠上。"

"你能想到是因为这个吗?该死。留意这些黑人……木板里的象鼻虫,苹果里的蛀虫,随便你怎么说。反正木匠们正在争吵,因为从结构上说,这是个政府项目,不是私人生意,所以他们有合法的工作权益。"

"这会让我们的开支翻倍。"艾伦说,现在意识到旅馆的电话听筒没有很干净——话筒有点黏糊糊的。

"是的。哦,再加上上周让人大失所望的SGR成本分析,似乎让这些政府官员对整个该死的项目厌烦了。"

"但是我们装了一大船的货。他们现在让我们把货都砸了!"

"我们是在周五收到的通告,我一直试着和你取得联系。我很担心,艾伦。"

周五他正和海伦在火车上,聊着"参与"她的新公司。

"合伙人同意吗?大卫和李。他们也放弃了?"

"就是因为他们放弃了,我们才不得不放弃。他们跟我说的。我们不能单独做这个,我们没有资金。"

"埃里克,我们要把该死的赛登转手卖了。我不管代价是什么,我们必须把它处理掉。劳埃德银行的利息——单单这个——就要压垮我们了。"

"哦,我们一直运气不佳,不是吗?不过我会处理这件事,就在明天。我来处理,好吗?我们把赛登转手卖了。"

"该死,该死,这消息真是糟透了。"

一些项目仿佛受了诅咒,像闹鬼的房子或报废的汽车一样。被诅咒的往往是你一直畅想着能顺利竣工的那些。在想象中,他眼见高楼搭起和竣工,光鲜亮丽而且功能健全——饰演超级英雄的哈里森·福特和一百号身穿长马裤的阿米什人只用一天时间就能建成……多布森项目就是这样。他知道它是可行的,也知道它建成后看起来会多了不起,但是没有人赞同他。这就是他投入了如此多心血的原因。

当他的思绪停留在这个话题上时,一阵眩晕和恶心感攫住了他,他重重地坐倒在床沿上。重要的是不去想。不管它,不管它。

很奇怪,一两分钟之后他就觉得缓解了不少。他还待在床上。"试着和你取得联系。"埃里克说的。远离尘嚣真是一种让人向往的生活。他会损失一笔数目不小的钱,相当多,不过这只是钱,凯茜在笑话自己当校长的爸爸时会把钱称为"不义之财"——用她那不带北方口音的上流腔调。倘若他到了美国没有再给埃里克打电话会怎样？如果这周他根本没打开过电脑呢？假如他可以脱身，全然不管这件事，着手别的事？比如海伦的新项目——他可以将余生的十至十五年都献给它。他不打算将奎里公司转交给任何人，这并不是家族企业——两个女儿都无意接手。这很正常：她们都要过自己的生活。不过，一想到将公司转手或不转手时，他就会重新感到眩晕的恶心……该死：这规模堪比修建哈德良长城……不。他不愿继续想下去。他从一开始就知道，公司可能在他有生之年就垮掉。不过依照他的传统观念，他希望给后代留一些财产。他得抚养海伦和凡妮莎，现在还包括坎迪斯，而且一想到让她们失望或者无法留给她们太多东西——又或者，如果情况更糟的话，留给她们累累的负债和麻烦，他就感到十分害怕。

这些天，他总能听到"减少自己的足迹"——凡妮莎这么说过乔什，而且现在新闻节目里的所有人都在谈论"减少碳足迹"。和所有正常人一样，他不想减少自己的足迹，他想扩大。他的姓氏无法传承下去，但至少也能留下一处他们都能归依的老宅和他们都有份的银行存款。可怕的是这个念想也许会完全破灭，他可能意外死掉，过早地，他都来不及整理好一切，甚至来不及送别自己的母亲……这种恐惧感挥之不去。他最有价值的物品之一是1951年他在伦敦买的不列颠音乐节的册子。它躺在他家里的书桌抽屉里。上面刊满了一些古早英国公司信心十足的广告,这些公司都早已不复存在或者被海外的大公司所收购又或者被神秘的大型私人控股集团——克朗普顿灯具、曼斯菲尔德鞋业和HMV唱片——切割。邓禄普橡胶。皮尔金顿玻璃。(他的奥迪车玻璃就用的皮尔金顿,他很满意。但是这家公司现在被日本人收购了。)各式车:凯旋牌摩托车,莫里斯,名爵,莱利,罗孚,捷豹。虽然他和他的同学喝到巴斯啤酒还要等到几年之后,巴斯和沃辛顿酒厂的广告语当时全班都能怀着爱国热情背诵:栽树的人不要想着乘凉——他是在为国家栽树。我们同样要保留住这种工匠精神,子孙后代会对我们心存感激。

他永远记得父亲向自己借一百英镑时的情形。艾伦那时只有二十七岁,刚刚挣了第一笔正式的薪水。他觉得这种反转的权威就像一种原罪在咆哮:错了,错了!当然,他借给了父亲这笔钱,并且如果他确实需要的话,即使是十倍的钱自己也会借给他。但是,令艾伦尴尬的是父亲的难为情;父亲那副借钱的样子让他讨厌。

23

一个钟头过后,他和海伦共进了早餐。雪还在下;旅馆里弥漫着些许远离了纷争的兴奋、轻快的氛围;受优待的顾客找到了"应急出口"。服务员在大厅进进出出,厚重的靴子在木地板上咯吱作响。他们外套上的积雪就像镶嵌的荧光条一样。灯光似乎总是忽明忽暗,艾伦觉得也许是自己的想象作怪。不是想象,海伦说。美国生产商"相对来说就是垃圾"。她认为这里变成了补丁的国度——到处都能看到有人在修路、桥、下水道、屋顶和电话线。"也许这一切都会改变,如果明年是民主党当选总统。或者一切都不会变。"

海伦难得心情欢快。她平静且克制地扮演着妈妈的角色。她用旅馆的沉咖啡壶给艾伦倒了杯咖啡,然后从淘气鼠不锈钢小水壶里倒了杯牛奶。她让服务员给艾伦端来了一杯橙汁。像往常一样,她坐得笔直。冲着他明媚地笑。即使是按照海伦的标准,这种程度的活力也不太寻常。

"我有一个想法,我在想。"她说。他低着头。手里好看的白色马克杯里的咖啡闻起来就像清晨和痛苦的决心。也意味着谨慎和"闭上你的臭嘴"。"我在想,我们怎么一起过这个暑假——也许不在诺森伯兰郡,而是法国或者意大利的某个地方?不如办一场让汤姆和双胞胎还有乔什、凡妮莎都加入的家庭聚会?索伦托海边有家可爱的旅馆,到处是柠檬树——汤姆和我度蜜月的那家怎么样?我们可以花一些时间待在一起。坎迪斯和凡妮莎就可以和双胞胎熟悉起来,而且乔什就能认识所有家庭成员、融入我们。"

"这很花钱。"艾伦说,一边不快地意识到自己改不掉的节省习惯。

"哎,道理不等于需要。不——道理不等于行动,我想说,"海伦的语气中带着一种轻快的出言不逊,"如果我们计较钱的事,就什么也干不了。比方说,我肯定不会想到要离开索尼。"

"哦,我们可以商量一下。"艾伦先发制人说,因为他现在不想讨论这件事。

"如果旅馆行不通,我们换到诺森伯兰郡也是分分钟的事,不过想有节日的氛围就不要选在总让我们回想起妈妈的地方。"

"对,这个主意很好。我们从来没有办过大的家庭聚会,自从凯茜,自从妈妈……我们也许都能好好彼此相处。"

"显然,凡妮莎和乔什出不了这笔钱,所以我们俩帮他们出。"海伦笃定地说。她一向如此。她会从自己的卧室出来冲下楼,然后双眼放光地宣布自己想出了一个邮购生意,来卖自己的旧鞋。或者:她和凡妮莎要挨家挨户地给别人有偿修理草坪。她们俩要教初学者吉他(海伦)和钢琴(凡妮莎)。凯茜则对在村子里四处兜售的不得体行径持坚定的中产态度,但是艾伦被逗乐了并且表示了支持,部分是因为他知道每个创业计划都会像上次那样泡汤。

"我们都会好好彼此相处,因为我们会努力去相处。也许凡妮莎和乔什应该这整个暑假都待在英格兰,感受那里的生活。凡妮莎离开这么久,英国对她来说已经是另一个国家了,乔什也从没出过国。凡妮莎为什么不在英国找份工作呢?我的意思是,她不是非得一直在萨拉托加温泉市生活不可,不是吗?她为什么不回英国来教哲学呢?"

"嗯,我知道其中的一个原因。"艾伦说。

"对——乔什。但是凡妮莎应该先考虑自己,她为了乔什留在纽约上州的乡里,过无聊的日子,实在是愚蠢之极。瞧,我太操心这件事,都即兴三押了!如果他们都为她的论文做专场学术会议了,那她是不是完全可以去——我不知道!——牛津或者剑桥或者伦敦大学教书?她肯定有这个能力。不是吗?"

海伦在椅子上前倾着身子,她的些许宽厚的肩膀——就像她的计划一样有活力和明了——填满了他面前的空间。这个姿势他见过两次——凯茜以前会这样以前探着身子。有时候,相似之处就像一种可怕的剽窃,一种存在于家族基因里的粗暴惰性。

"那乔什呢?"

"哦,爸爸,我不确定——"

"不确定什么?"他问。他小心地把咖啡杯放到桌上。

"他看上去很内疚。"

"拜托,海伦。这理由完全不充分,不是吗?"

"我不知道如果……我在想乔什是不是真打算和她长期交往,如果你想问我的看法的话。"

艾伦现在意识到,海伦之所以忙不迭地计划,不耐烦得直冒火星,想着家庭聚会和异想天开的牛津剑桥教职,可能是源自另一种对姐姐未来的担忧。她可以看到他看不到的一些东西。也许恰恰是因为乔什一直在和她调情,这一切在她眼里都很明显?海伦看事物的眼光就是这样,比他更加清晰透彻和切中要害。

"我很乐意听。"艾伦说,诚恳地看着女儿。

"这只是我昨天的一种感受。乔什对我说的一些话听起来不是好兆头。"

"他说了什么?"

"没有,别担心,这是小事,不要小题大做。我可能过度解读了。他说他想在纽约生活和工作。"

"哦,这有什么问题?"

"纽约市,爸爸,不是纽约州。因为他只是谈他自己。他用的是'我'而不是'我们'。'等我去了纽约。'"

"这是小事。"艾伦故作轻松地说。

"也许吧。不过我的两个前男友——还记得史蒂芬和罗利吗?——他们宣布什么计划的时候总是有意无意把我略过,你知道这种关系的下场。"

"你在这方面比凡妮莎更有经验!"

"嗯,"她回答,一下子恢复了活力,"我喜欢行动,而凡妮莎喜欢思考。虽然我也会思考,你懂的。"

"我懂。"

他们是最后吃完早餐的人,他们的餐桌是唯一一张没换新的。酒吧招待来了,已经开始给乐器调音,为午餐表演做准备。雪变小了,雪花几乎停了:只有落后的几缕飘下来。艾伦推开椅子,准备离开。

"爸爸,等一下,离开索尼这件事……你昨天说你可能加入我的新项目。你是说真的还是只想表现得友好点?"

"不可以都是吗?"

"你知道我不是在胡吹,对吗?变革在即。你在火车上给我看的那本书……作者说,很快音乐就会像水一样,自由地流经所有水管、管道和网络,直接到达每家每户。这将成为现实。就像打开水龙头一样。你打开它要支付固定的费用。会变成这样。不过,唱片公司仍然希望你购买昂贵的瓶装水——巴黎水、依云。想象一下用依云水瓶装满你的浴缸的样子!这就是大型唱片公司现在的想法。不过未来不是这样。未来是水龙头,不是依云水瓶。这是那本书的观点。"

"我觉得有道理。不过音乐自然不如水那样必要。水管该是什么?网络?"她越是激动,他就越是冷静。

"对,基本上是——所有的数字交流、流媒体和分享服务。你昨天看到乔什听得有多兴奋了吧?"

艾伦心想:你们两个都很激动。

"这是因为，"海伦接着说，"他了解这方面，这是他擅长的。他看得到会发生一场大变革。他们都能。而我想赶上这波浪潮。你知道大卫·鲍伊在 2002 年——2002 年哪！——说过什么吗？他在一篇文章里提到，能推翻我们对音乐所有设想的大变革将会到来，它的到来是势不可挡的。他还预言，版权在十年内会不复存在。"

"其实最后一条听起来像头痛症，从你的角度来看。"

"听起来像头痛症还是高潮都不重要了，这势必会发生！"

他们都知道她并不是有意说"高潮"这个词。艾伦低头盯着自己的手看。

"哦是，我确实觉得这值得激动。"她接着说。

"毫无疑问。"他们都笑了。

"这么说这是一个机会。你应该可以理解。你过去总是说你善于寻找机会。"

"我有吗？"

"经常。没错，需要的就是这个——寻找机会的能力。我们头几年不需要太折腾，因为一开始的利润可能有限。"

"我们？"

"不过只要保持耐心,并且着眼将来,提醒自己唱片行业不等同于音乐行业,这样我觉得我们可以做成一件激动人心的大事,给英国杰出的新一代音乐家打造一个梦工厂。"她的眼里闪烁着光芒,下巴昂起——仿佛变成了过圣诞节的十二岁小女孩,握着有她半个身子大的雅马哈新吉他。碎的包装纸在地毯上四处散落,像是在信誓旦旦地说:"我今年暑假要好好弹琴!"

"我们,"海伦不耐烦道,"就是你和我还有所有我们能号召到这个项目上的人。我至少需要三四个投资人。我有一些股份可以变现,但是这还远远不够。汤姆当然持谨慎态度,所以他可以说是需要我解决的一个阻碍。"

"我保证不成为需要你解决的一个阻碍。这听上去可一点也不吉利。"

"问题是,爸爸,"她又开始了,"瞧,你想喝点咖啡吗?我让他们给你重新沏一壶吧。"她傲慢地向服务员招了招手。"问题是。我知道,在火车上我说我不需要经济援助。这不假。"

"但是不完全真实?"他说。

"不完全真实。"她承认。她的手还举在半空中。

"怎么说?"

"半真即半假,这取决于你看到的杯子是半满的还是半空的。"

"明白了。嗯,我觉得是。"

"我确实需要钱,"海伦说,"但是只有你跟我说你想加入,我才会考虑问你借。如果不是,就不会——你完全可以走开。没关系。而且这当然不是帮忙,而是一笔贷款、一项投资或者商业提议。"

"海伦,亲爱的!要考虑的东西很多。让我想想。先让我想想。"他重复道,无意中变得具有攻击性起来。

"抱歉,我不该问你。"

"没有,别这样。"

"别道歉还是别问?"海伦红着脸、不悦且硬气地说,这副样子他很熟悉。

"我乐意帮忙。这是一个机会。只不过眼下——"

"哦,我又不是让你现在把支票本拿出来,天啊。"

"是因为……目前,"他接着说,觉得自己一心想走到外面的大街上,冒着大雪一直向前走,"公司的事情很不确定。多布森项目——几年前你可能就听我说过——失败了,所以我们要还一大笔贷款。利润空间变小了。我们几乎没有什么缓冲空间。而且目前还没有现成的现金流。"

海伦牢牢记住了最后那句,"目前还没有现成的现金流"。

"不过很正常,你的工作性质就是这样,"——可是她意识到,自己对他的实际工作了解少之又少——"总归有起起落落,月盈月缺。不是吗?你不会要告诉我你或者公司一分钱也没有。这真可笑。这不是真的。"

"我有没有钱、有多少钱与你无关。"他连忙说。

"好,我以后二十年的人生要干什么也与你无关。我不会再向你提这件事了。"

"抱歉,海伦,我不想伤害你。但是请听我说——我们是温饱水平,并不富有。你是知道的。所以我们需要小心行事。再给我一点时间。"这让他听上去像一名欠债人,她是债主。于是他更冷静地重新表述了一次。"我向你保证,我们以后会再讨论这件事的,几周之内,心平气和地,但肯定不是在大庭广众之下,可以吗?"

"不,我们不会的。"她起身。

"拜托,海伦。"

"好了,爸爸,"她变柔和了,接着神气地,甚至是戏剧性地说,"我赦免你了。"她碰了一下他的头然后朝他身后走去,出了餐厅。

24

她父亲从未了解过她制作的音乐——同样他也从未真正理解过她。在走去旅馆房间的路上,她得出了这样的结论。爸爸不理解,凡妮莎未曾充分了解过。汤姆其实也不能。那么谁可以?朱利安·维勒克尔——她的第一个男朋友,可爱的朱勒①是简森拦截者乐队的反叛鼓手,他后来非常戏剧性地退团了,他称,"我受够了总是由我来负责歌的结尾部分!"他是一个蹩脚的鼓手,但是他和她喜爱音乐的方式是相同的。他们以前会躺在地板上,牵着手,两边则是他父母的大得离谱的乐富豪高保真音响。朱利安散发着他青少年时用的刮胡水的俗气味道……牌子叫丹宁。

音乐现在成为了她的职业;更重要的是,成为了

————————
① 朱利安的昵称。

她隐秘的乐趣。因为她其实原本不是《摇滚乐》①里的那种女孩——不是歌里觉得"没有任何新鲜事发生"的珍妮,直到"一个简单宜人的早晨"她调到了一个纽约电台,"简直不敢相信她听到了什么"。当时海伦十二岁,她打开广播听的——不是卢·里德,而是乔·杰克逊的《这对女孩来说是不一样的》②,事情就是如此。不是珍妮的纽约电台,也不是"默罕默德的电台"③,而是她自己的电台,一直在她身体里播放。

一直以来,音乐比朋友、父母和恋人都要可靠许多。它绝不会抛弃她,总是开导、宽慰和激励着她。歌曲构成了她的人生。音乐对于海伦的意义正如哲学之于凡妮莎。她不仅喜欢歌——普通人都能做到这点——而是让它住进了心里。乔·杰克逊的歌唤醒了她,这是因为十三岁的她恰好开悟,这对于女孩来说是不寻常的体验。五年后,她实际上成了离开北方去尤斯顿车站的人,"总以为你会回来"④,正如史密斯乐队那首很棒的歌里唱的那样。(她再也没回

---

① 美国著名乐队地下丝绒(The Velvet Underground)的一首歌。
② "It's Different for Girls"。
③ "Mohammed's Radio",美国摇滚歌手沃伦·泽文(Warren Zevon)的一首歌。
④ 英国摇滚乐队史密斯乐队的《伦敦》里的一句歌词。

来。她去了国王十字地区,不过离家很近。)有一次,她让一个冷酷的男朋友"试着柔情一点",因为奥蒂斯·雷丁①说他应该如此。(好几年,她都以为奥蒂斯唱的那句"那条蓬乱的旧裙子"是"那条破烂的旧裙子"。)学校里有个爱好运动的帅男孩,全校女生都迷恋他——"他那么纯洁高贵"②——他大名真的叫戴维·瓦茨,并不是开玩笑,就像果酱乐队唱的一样!她的初吻是在一次派对上(燃着线香,亮着猩红色灯泡),当时人类联盟乐队刚发行单曲《你不想要我吗?》——这首歌在迷你音响里播放,但那是一记真心的吻。(是的,她非常想要。)在体会性高潮之前,她设想过——不,不只是设想,而是一种双腿之间的感觉——这个过程会是怎样:在宇宙的顶点诞生出了恒星,就像报酬低得可笑的克莱尔·托瑞在《天空中的伟大演出》③里呐喊的那样。在她参与一系列政治抗议活动时,《伊顿来福枪》④《杀人犯科特兹》⑤和《不会

---

① 美国灵魂乐著名歌手,有一首歌名为《试着柔情一点》("Try a Little Tenderness")。
② 英国乐队果酱乐队(The Jam)的歌曲《戴维·瓦茨》("David Watts")里的一句歌词。
③ 平克·弗洛伊德乐队的一首单曲。
④ 果酱乐队的歌曲。
⑤ 加拿大摇滚歌手尼尔·杨的歌曲。

再上当了》①赋予她词语,借她以能量和激励:见到的新老大,同旧老大一模一样。(还有性手枪乐队,和他们富于挑衅的歌曲以及好玩的机器人式的颤音。)电台司令乐队的《没有惊喜》和伊安·杜利的《你会瞥见》——丧到极致同时也是最出彩的歌——常常让她想到凡妮莎和她岌岌可危的幸福。(凡,凡!)母亲去世时,海伦一遍一遍听着彼得·盖布瑞尔的悠扬的《壁花》落泪,它的结尾充满了希望:我会做我能做的一切。(当然,她什么也做不了。)

那欢乐起舞的时刻呢?玛莎松饼乐队的《回音海滩》。大学的时候,在早晨四点——那场期末伟大演出之后的派对上——她听着这首歌跳起了舞,那天她自己组建的水平不咋样的牛津乐队("好笑的勃起")和最出名的剑桥乐队("里根总统不太聪明")进行了同台演出。还有更妙的:这是她第一次听到塔米·特雷尔和马文·盖伊合唱《什么都比不上真东西》。

当然了,什么都比不上真东西,那真东西就是摇滚乐,而她已经体会过了。

爸爸有没有理解过这一点? 还是一无所知? 他曾经说自己喜欢《你会瞥见》这首歌。这等同于承认

---

① 谁人乐队的歌曲。

了。而且他不止一次暗示过他喜欢 Abba 乐队里的"那个黑头发的歌手"。啊！行了。

隐秘从何说起？隐秘的乐趣？因为按照她的理解,摇滚乐想要摧毁世上的愚蠢的安逸:搜索和摧毁。这就是作为一名唱片公司高管相当残暴而无聊的讽刺之处……她喜爱的摇滚乐想要推倒索尼这座塔。(显然,她绝不会把这个说给别人听,但是这种信念解释了为什么她对大卫·马修斯乐队越来越厌烦。大蒜去哪儿了？这是弗兰克·扎帕一直在思考的问题。这是个普适的问题,她这么认为。)

这个世界总是告诉海伦要"把那些孩子气的东西收起来"。她的良好教育助她获得一份工作,教她驯服了爱欲,让她装扮得体,向实用主义、成功和经济上的自我扩张看齐。事物存在的意义在于被利用。对于"人生"的理解完全是功用性的——工作,无聊的公务,通勤,无止境的劳碌,不称心的周末,睡眠缺失:这就是"成人世界"。

到头来,这就是她的人生:修经济学,上大学所做的"明智"选择;在办公室里度日。不止如此。人生还意味着永恒的失去:母亲去世。长大原来就像那首罗马诗《敬礼和告别》,既是开始也是结束,是欢迎也是一场漫长的告别。没人能幸免于苦难。有两样东西延缓了这场费力的死亡游行,这一恒久运动,这两种新生事物在与之抗衡:孩子和摇滚乐。他们其实是同一样东西。"把那些孩子气的东西收拾起来,"世人说,"做一名理性的成人。"但是摇滚乐为稚气、否决和抵抗、反启蒙、不负责任的青春和反叛、狂喜的迷醉打开了最后一点空间。这些说到底就是孩子气。

看到你的孩子你会想到:我们以前就是这样;我们应该重新做回这样。

最伟大的音乐家们都是孩子,保留着孩子气,不负责任,天真无比。他们英年早逝,自我牺牲,搞坏了自己的身体,这样我们就能够继续生活,过我们漫长的理性人生,在中产梦中无聊地打理我们的银行账户、股息和我们的退休金,定期奔赴晚宴、理发店和牙科诊所。摇滚乐反对这一切。它是理性的休眠时刻。

25

看到父亲凡妮莎很惊讶——现在不是晚餐的时间,他几乎早到了一个小时。她问他海伦在哪里。

"我不知道她会不会和我们一起。她在闹脾气。"

"啊呀——是我的错吗?快进来。外面冷。"

艾伦做了一番说辞。海伦不耐烦了,自然这是她的一贯作风——全家人都知道是怎么回事——而且,当艾伦表示自己需要时间想钱的事情,"海伦当场就发火了。当场发火。"

出乎意料,凡妮莎站在了海伦的一边——"爸爸,你昨天说了你会帮她"——看着他拉长脸,因为凡妮莎知道他在掩饰什么,她也已经猜出这番话背后的意思,于是她改口说,"你说过你可能会以某种方式参与进来……"

"帮忙,帮忙。"艾伦恼怒地嘀咕道,一边脱去外套和裹着冰碴儿的鞋子。

"海伦的脾气就是这样。她对这件事抱那么大的希望,相应地就有多失望,不是吗?"她同情、殷切地看着他,就像往常一样,总是试图平息一切,即使有些时候她自己就是导火索。"你想来一杯茶吗?"她几近羞怯地问,他们一边走到厨房。"一杯茶?"

"我想要一杯……老天,"他继续说,一边坐到松木桌子前,看向窗外,"我不知道你是怎么度过这里的冬天的。"清晨下过一点新雪,现在雪停了,厚实的雪地看上去死气沉沉。现在是上午十点,不过这天色说是下午四点也不为过。

"他/她熬不过这个冬天——我来这里生活之前,对这句形容老年人和病人的话只有一个大致的概念。这个地方就是这样:每年冬天都是一种生存测验。春天到来的时候,你的身体仿佛也知道自己的命又续了一次租约。一个危机蛰伏的篇章成功完结了。你甚至真的可以感到自己松弛了下来。"

这个围绕死亡和生命之脆弱的谈话让艾伦担忧起来,尽管凡妮莎说这些时并不低落。

"我想我昨晚遇到了你们当地的一个'名人'。旅馆酒吧里有一个女人非常热情地告诉我她是特拉斯克家族的,恐怕这算不了什么。你好呀。"他说,这时乔什出现在门口。他意识到自己忘了说那个女士的名字。

"对,我们都认识她,"凡妮莎说,"她在镇上小有名气,是不是,亲爱的?"

"她无所事事的时候会随身带着一个扁酒瓶。嗨,艾伦,忘了问你好!"乔什摆弄着咖啡机,艾伦猜他刚刚睡醒。很难说,他白天穿的衣服和睡衣其实没有分别——都是灰色系。今天乔什穿着黑色的运动裤和又一件灰色 T 恤,这件上印着红色的字母:"乔治·布什及其子,家庭屠夫,起始于 1989 年。"即便是艾伦本人——即便是乔什穿着它——也喜欢这件 T 恤。

"真可怜,没有什么证据能表明她是特拉斯克家族的。这好像是她的幻想。她借用这个来给每个人讲述自己的悲惨故事。"凡妮莎说。艾伦为这个他以为的"特拉斯克女士"感到悲哀。

"我喜欢这件 T 恤。"他说。

"谢谢。这件很正式,我觉得! 我等不及这届总统倒台了。罪恶的混球……让我高兴的是你那位也快了。"

"我那位?"

"布莱尔——烂到骨子里了,"乔什说,"也许这么说很刻薄。但是他已经劣迹斑斑——从头到脚,包括他曾经那副铁齿铜牙。"

艾伦心想：还是要好过你那位——残暴、愚蠢、没有文化、自大的牛仔。

"当然，他没有布什那么坏，"乔什说，诡异地猜中了艾伦的念头，"话说回来，布莱尔的罪孽更大，因为他更聪明。他只要拒绝入伙就行了，就像希拉克一样。我拒绝！① 不像希拉克，他堕落成了一个伟大首相，尽管这也不是事实。"

"我完全赞同。"艾伦说。

说来奇怪，和乔什对话十分累人。他并不是在真的交谈：他伺机而动。谈话变成了伏击。

"遗憾的是，我不怎么相信一切都会变好，"艾伦断言，"布莱尔的继任者和他没什么两样，那么工党多半在下一轮首相竞选里会落败，这要感谢布莱尔和伊拉克，接下来保守党执政的话就更糟糕了。"

"我们看来不会有奥巴马这号人物出现。"凡妮莎说。艾伦喜欢这句里的"我们"。

"我只知道报纸上是这么讲的。我希望他获胜。但是参议员奥巴马说到就能做到吗？你们都真的相信奥巴马？"艾伦问道。"不知道他能否维持自己所需的威信——毕竟是黑人。"

---

① 原文为法语。

"爸爸！这里是美国，不是英国北方，"凡妮莎略带不安地笑着说，"你别听他讲，乔什。"

"这是关于'美国准备好迎接一位黑人总统了吗？'的辩论，"乔什激动地说，"答案是：不，我们没有准备好。根本没有。这正是我们需要一位黑人总统的原因。我认为他可以改变美国。"

"我没想'辩论'什么，我只是在反映——你知道的——听到的别人的观点。"艾伦抱怨道，试着掩盖因自己被中伤的不快。

"或者我们需要一位女性总统，"凡妮莎说，"我们要把'现成在手之物'变成'待上手之物'。[1] 奥巴马目前不是待上手之物。我是这样想的。"

"什么鬼，你疯了吗？"乔什笑着说。

"海德格尔。我最近在和德国哲学读书小组的成员一起读他。还记得今天晚上吗？我就在苦读他的作品，但是我不认为我'理解'了他。这是一个很难懂的哲学家，爸爸。出了名的晦涩。我可以给你德文的原书，如果你想要。"

---

[1] 德国哲学家海德格尔(Martin Heidegger)认为，事物对于人而言有两种状态，在手状态(Vorhanden)和待上手状态(Zuhanden)。在手状态是物的最初状态。待上手/现成事物是作为认识或静观对象的物。

"不,不①！这个家不欢迎纳粹分子。"乔什说,一面将凡妮莎的头揽到胸前亲了亲她的额头。

"其实,爸爸,我今晚邀请了一些组员来这里,见见你和海伦。他们不会待很久。他们对你们很感兴趣。"

艾伦努力让自己看起来积极主动一些。在火车上,海伦说过自己可以忍受留在萨拉托加温泉市,只要凡妮莎不带'无聊且做作、穿得像憨豆先生的学者'回来折磨他们。艾伦有一种预感,他们应该会穿得像乔什而非憨豆先生那样。也许他们会穿着订制的 T 恤来,每个人胸前印着一句哲学名言。并不是说他们就不无聊且做作了。凡妮莎太天真了,她肯定没有考虑到他和海伦会不想和她的同事待在一起。他预感这会是无比漫长的一天。

---

① 原文为德语。

26

  这个德国哲学阅读小组最后看上去很正常。他们一共有三个人；晚上六点刚过，其中两个人就一起到了。听到他们只留下来喝几杯，艾伦感到如释重负。艾米·艾萨克森和盖瑞·穆霍尔是凡妮莎在斯基德摩尔学院的同事，他们分别教授哲学和英文。他们和凡妮莎的年纪大差不差，上下一两岁左右；都是美国人，一个来自马里兰，一个来自中西部——友善、直率、穿着牛仔裤和毛衫。只凭这些，艾伦就喜欢上了这两人，一杯酒过后他放松起来，恨不得给他们分享自己的家族故事。他一直想问他们对凡妮莎手臂骨折一事了解多少，以及在他们看来这几个月她状态如何。第三个客人在一刻钟之后到了，他似乎格格不入。他比其他两个人年长一些；艾伦猜测他已经年近八十。他的到场让凡妮莎变得紧张；她开门后，惊呼了一声，马上喊乔什来帮忙；这位客人还在费劲地挂自己那件宽大老派的羊毛外套，她就急着给他端上了香槟。他的穿着过于正式——胸前口袋里放着猩红色的手帕——而且总是沉默寡言。他的美国口音带着些许旧日欧洲生活的痕迹——他说"t"时会拖音,在说某些需要强调的元音时总是会变音。显然,他年轻时候的样子很帅;如今依旧引人注目,光秃秃的大脑袋让人难以想象它之前毛发茂盛的样子。

艾伦的处境有点被动,他没听清这个人的名字,只听到姓氏貌似是"库尼斯医生"。他解释说自己并不是凡妮莎的同事,"只是阅读小组的一个普通成员"。他退休了,"他的私人诊所在镇上开了二十五年"。所以库尼斯医生是那种神秘的生物——既是人文主义知识分子,又是全科医生?

艾伦之所以没听见库尼斯的名字,是因为海伦跟在医生后脚进门,让他分了神。噢,她最终还是来了,他想她白天一定都在旅馆里生气。

海伦不完全是自己到的,因为凡妮莎和乔什下午跑去亚历山大酒店见了她。凡妮莎来给妹妹打气——像是出于姐妹义气,不过海伦后来想,其实应该是凡妮莎怕起冲突——她一贯如此,这意味着所有争吵,就算跟她没关系,都要被迅速化解,她需要急忙取得承诺以及和平条约。他们在旅馆大厅喝咖啡,乔什和凡妮莎衣服上的浑浊水滴落在地毯上,海伦宣布自己原谅了爸爸——"我宽恕了他,"她一再说道,"我从没期待他给我任何帮助。我只是说试一试。所以,凡妮莎!你不需要因为这件事紧张。"她告诉了他们俩艾伦财务困难的情况;姐妹俩之前都没听他说过。凡妮莎说爸爸看起来"累坏了"。她说,问题不是他给的太少而是太多了。

"你妈妈当初为什么离开他?希望这个问题不会太冒昧。"乔什说。

"这取决于你问的是谁,"凡妮莎说,"你知道我不忍心听到两方各自的说辞。"

"那么我想你只看到了这件事的一面,海伦?"

"一点五面吧,现在我可以这么说。我徒劳地怪罪了妈妈很多年。还有可恶的帕特里克·尼达姆。可能是因为年龄增长,我渐渐觉得和爸爸这样的人相处应该挺难的。"

"怎么难法?"乔什问。

"这么说吧,"海伦说,"童年的时候,凡妮莎和我养过无数的宠物——两只西班牙猎狗(一公一母),两只杰克罗素猃(一公一母),一只猫(公),三只金丝雀(据说是一公两母)和十几只白兔(我记得都是公的)。爸爸有点小题大做,又是抱怨,又是迷恋,一边日夜照料它们,一边又……用他的独特方式忽视它们。而且——无一例外——他用"她"称呼它们每一个,不管它们的真实性别。总是这样。我这么说你明白了吗?"

"这真是邪门儿。"乔什带着一丝赞赏说。

"一点也不公平,"凡妮莎苦笑着说,"海伦说的是对的,'是男他,不是女她,爸爸,这只是公的'——我们总是要纠正他。妈妈常常开玩笑说自己下辈子转世当爸爸的一只狗。她觉得它们受到的是一流的待遇。"

"他给予了很多东西,也收回了很多,而且总是要控制,"海伦用她傲人的自信说,"做了家长之后,我忠实地继承了这些特征……"

"这是很久以前的事了。"凡妮莎说。她不必补充:而且,最后妈妈以另一种方式离开了我们。

在派对上,海伦快速打量了一眼狭小的客厅里的客人然后决心今晚只和乔什和凡妮莎聊天。他们冒着雪跑了一趟旅馆,这让她产生了不少好感。和凡妮莎一起度过的下午很愉快,再加上乔什这个年轻、热情——偶尔还会抛个媚眼——的好帮手。乔什给海伦讲了他的父母兄弟和家乡芝加哥。海伦觉得自己过于信马由缰;某一刻,她不得不按捺住自己想问他是否愿意加入她一起创业的念头。姐妹俩——当然,她们可以很容易就像过去那样合拍,也很容易一起陷入对往事的回忆:妈妈把沃尔沃 240 开到了沟里的那天，她们俩当时坐在后座，最后是被农民的两匹拉货的马拉出来的，这对年幼的姐妹俩来说是一段格外神奇且深刻的回忆；爸爸在乡村酒吧外面制止了一场斗殴然后被干架的人喊"臭傻逼"的那个下午，爸爸一本正经地告诉他在他的两个女儿面前嘴里放尊重点；妈妈的那个其貌不扬的同事，名叫伯吉斯先生的学校老师，每学期告诉自己的新生班级他的名字是罗德尼·伯吉斯①，以及他们有"不多不少整整两分钟时间可以笑话他"，之后……他们和乔什分享了这些逸事，这些乐事他听得很开心。这两个女人只讲好笑或者重大的故事，而且是以漫不经心的口吻，仿佛她们的母亲还在世，生活在坎迪斯·李如今占据着的属于她们的童年空间。

海伦知道父亲留意着自己的一举一动；从她进屋起，他的目光始终追随着她，一面假装在和一个显眼的秃顶老人讲话。她没有生他的气，只是感到失望。并且决意不表现出来。不过她不过是在和他玩一个小把戏，当姐姐告诉她退休了多年的库尼斯医生当过凡妮莎的医生时，她立刻意识到这一点。

---

① 伯吉斯先生是英国杰出儿童文学作家罗尔德·达尔的作品《了不起的狐狸爸爸》中的反派人物，以小气、卑鄙著称。

"只是医生吗?"海伦笑着问。

"哦——我知道你想说啥,这说明你从没做过心理治疗。如果库尼斯医生是我的心理治疗师,甚至是我的前心理治疗师,他绝对不会在一个私人活动上出现在我家,心理治疗师也许会希望见见病人的亲属,但是这是不允许的。绝对不能够。"

姐妹俩盯着这两个英俊的老男人,他俩显然发现彼此拥有很多共同语言。

海伦的严肃时刻来得比自己预想的要快。几分钟之后,她来到厨房和乔什聊天,这时艾伦进来找冰块——反正他自己是这么说的。乔什读懂了暗示,嘀咕着要把音乐的音量调低一点,然后走出了房间。艾伦忙着用碗装冰块。

"听着,"他说,他的语气很平静,"我对你的新事业很激动。在吃早餐的时候二话不说就发脾气真的没有必要。"

"我没有发脾气。这件事不用再讨论了。"

"这件事要讨论的有很多,不过不是在像旅馆那样的公开场合,也不是像这里的场合。等到了英国,等我们回去……不然你选个周末来老家玩?带上汤姆和双胞胎?那个时候我们可以好好讨论这件事。我希望我能帮到你。以任何我力所能及的方式。"

"爸,没关系。我走到今天基本都是靠自己过来的。我不需要任何帮助。不过谢谢你。"

"今天早上是你兴冲冲地问我愿不愿意帮忙的。"

"我说的是一种,一种……协助。早餐时我们讨论的是这种东西。"

"基本都是靠你自己?你知不知道你这么说很伤人,完全不讲理,而且最主要的是……根本就无济于事?"

他本想说的不是最后这个词,他们俩都感到好笑。不过考虑到自己是在争论,笑是不合时宜的,所以他们干脆陷入了孩子气的固执的沉默。

海伦先绷不住了。

"我不想在临别聚会上扫任何人的兴,而且我答应了凡妮莎不这么做。我说到做到。我道歉,爸爸,我不该说'都是靠我自己'……这不对。这当然不对……你好像和那个打眼的家伙相处得不错。"

"一个为人不错的小老头,"艾伦说得好像他们三十年前就认识,"他对我的英国背景很感兴趣,听说我太年幼不记得那场战争时他看起来很失望。我得说他很善于倾听。反正比我的全科医生要好,这是肯定的。"

海伦忍不住爆料了。

"我刚才费劲想让凡妮莎承认,库尼斯医生实际上是她的心理治疗师和心理药理专家——这在我看来是显而易见的。这能解释他为什么对你这么感兴趣。"看着父亲因警觉而发白的脸色,海伦内心很高兴。可怜的爸爸,她心想,一切监视行为都能吓到他。

"当然,我想的也许是错的,这只是一种很强的直觉。"

"老天,海伦,凡妮莎为什么没有提醒我?肯定是这样!她碰到他就紧张,这就完全说得通了。他刚才像该死的尤里·盖勒①一样打探我的事——我的童年、父母和他们的故事。我甚至告诉了他我离过婚。还有坎迪斯的所有事。见鬼!"

"你要离他远点。"海伦说。

"哦,我会的,当然。奇怪的是他看起来像个好人,一个很正派的家伙。"

"很多心理治疗师都是这样,据我所知。"

艾伦怀疑地看了一眼他的女儿。她看着他走进客厅,拿着一碗冰块,努力躲开库尼斯医生。但是房间太小;他防不胜防。

---

① 二十世纪七十年代以色列最受瞩目的魔术师,可以隔空移动物体、会读心术,被称为超能力者。

27

后门廊外,她能嗅到凡妮莎的烟味,于是她推开纱门,走到冰冷的室外。

"我知道我应该回到室内。"凡妮莎说。

"这是我的派对,我想害羞就害羞?"①

"好,我比你菜,这样可以了吧,"凡妮莎说。

"我不是在评判你。如果我是你,我觉得我会在这个派对中途溜走。"

"我知道,按照你的标准,几位学者和医生的组合不值一提。"

"我是开玩笑,开玩笑!"

"抱歉——我太紧张了。我为什么这么紧张?真希望这根烟劲儿再大点儿。"她把烟头扔进了漆黑一片的花园里。"既然我们都逃了派对,我们中间一定

---

① 莱斯利·戈尔(Lesley Gore)有一首经典歌曲《这是我的派对》("It's My Party",1963)。歌词"这是我的派对。如果我想哭,我会哭"成为流行文化词典的一部分。这里海伦玩了一个梗。

有一个人是正确的。"

"谢谢你今天下午来旅馆,"海伦说,"我喜欢乔什。他很和善、阳光,他……"

"帅得像个恶魔?"

"像个天使吧?就是太年轻了——幸运的家伙。"

"他是我的真爱,海伦,"她自豪地说,"我爱他。"

"我看得出来为什么。"有一瞬间,她那卑鄙的嫉妒心作祟了,差点儿脱口而出:这个镇上的人应该都能看出来你恋爱了。

"我们只因为我吸烟争吵过……我有点想和他一起回英国。"

"我今天早上还和爸爸说你应该到牛津或者伦敦这样的地方教书,而不是这里。"

"我想向家乡的人炫耀他!"

"他想去吗?他看上去是个标准的美国人。"

"两个月前我都不确定。现在我觉得他想。"

想到过去两个月发生的事,海伦顿时对姐姐感到抱歉;她觉得难以喘气。

"你和爸爸和好了吗?"凡妮莎问,"我在厨房里看得到你们——隔着窗子。看起来气氛很严肃。你知道他最后都会同意。他只是把你的提议当成了一笔买卖。吊你胃口。"

"我真的一点也不需要他了。"

"可以说他是不情愿地被人从自己的事业硬拉进新的事业。乔什和我昨晚讨论了这件事。你是个理想主义者。总是跑来跑去,不知疲倦……相反,我在这里觉得被困住了。被一堆旧书缠着变老。"

"哦,你喜欢你的书。它们是你最好的朋友。而且你的藏书多得吓人……有三千本?"

"可能有这么多。"

"爸爸跟我和而不同。不过我还是忍不住和他开了一个小玩笑。我暗示他那个好医生其实是你的心理治疗师。"

"原来你是要说这个……"

"我们在这里聊天的空当,他就在努力避开他。"

"想不到啊!——爸爸和你一样,对心理治疗的条约一窍不通。这是绝对不可能发生的。"不过凡妮莎笑起来了,眼睛发亮。她一直佩服妹妹的大胆。"这就像邀请了一位帮你判一个非常复杂的案子的法官出席你的晚宴。"

"现在不要告诉他真相,会很扫兴。"海伦说。

"你真的很坏,就像乔什说的……"

28

客厅里,艾伦正往自己的威士忌里加冰块,叮当响,他背对着房门,突然吓了一跳。乔什站在他身后,几乎近得要贴到他的耳朵。

"艾伦,我想说对不起,昨晚我们弄得像合伙欺负你。不知道这么说能不能安慰你,回到我们上次的话题,有很多东西是电脑做不到的,我想永远也办不到。没错,1997年深蓝打败了卡斯帕罗夫。那又怎样?电脑能储存的关于象棋的数据比人脑要多得多。但是在扑克或者围棋上,电脑打败不了人类。这并非我们所知道的末日。还没到这种地步。"

乔什在以自己的方式试图表达善意。不过我真的需要"安慰"吗?他把我想得有多脆弱?艾伦发现乔什一离开,自己就站在凡妮莎的客厅里开始在心里疯狂盘算——准确地说,美国独立战争正在他脑海中重演。不过这次萨拉托加的战役,伯戈因上将一雪前耻,采用的武器也不同往日。这位一心向前、从不向后看的年轻的美国人,似乎可以将艾伦的成长所得益的一切事物抛干净……好,我们且看他在现代世界能有何作为吧——没有了英国的帮助。重力——牛顿!——电——法拉第!——血液循环——哈维!——演化——达尔文!防腐——李斯特!——盘尼西林——弗来明!——蒸汽机——特里维西克!——蒸汽轮(对他尤为珍贵,因为这是他父亲曾经工作的地方)—帕森斯!——原子弹——卢瑟福!——喷气式发动机——惠特尔!——计算机——图灵!——DNA——克里克!还是沃森?反正是英国人。现代是英国的时代。或者曾经是。没有这些,没有他这么轻易地抛诸脑后的这个国家,乔什也许就是一个无药可救的一动不能动的穴居人。

库尼斯医生走近艾伦,同时犹豫不决。不过太迟了,艾伦正好在盯着他看——脸色有些发白,库尼斯心想。

"派对也让我不安。"他风度翩翩地说。

"哦,我还好。真的。"艾伦连忙说。

"你看起来不是这样。"

"我看上去怎样?"艾伦问,完全无动于衷。他以为库尼斯会说出类似"你看起来像个迷路的孩子,就像还活在童年时被母亲遗弃的恐惧中"的话,当这位尊贵的客人说"你看着有点生气,就好像今晚一直没喝到合胃口的饮料"时他不由得松了一口气。

"其实,一点不假。"

他告诉库尼斯自己要上楼:"方便一下。"他飞快地离开了房间,绕开了厨房后面的洗手间,爬上了没有铺毯子的奶油色的咯吱作响的楼梯。库尼斯搞砸了,他又向艾伦问起了他在杜伦的童年。上帝,他才不会乖乖站在凡妮莎的房子里让女儿的心理治疗师看穿自己。他没有尿意,不过还是解了手,静悄悄地走到凡妮莎和乔什卧室隔壁的浴室,反锁了房门,站在抽水马桶前发呆。他没来过这个房间。不大。不是特别干净——这对情侣的高等职业让他们对灰尘视而不见。洗脸池、洗手台、水龙头和马桶都是最便宜的那种;水龙头是按压式的,顶层是起皱的硬塑料盘;廉价无比但又经用——垫圈用了多年。凡妮莎的黑色长发丝遍布在地板上、洗脸池里,还在朝上放的猪鬃尼龙大发梳上打结;他想起老家的绵羊也总是在铁丝网上留下大团云朵一般的羊毛。马桶坐垫的背面沾着几点黄色污垢。乔什的尿渍。艾伦想象凡妮莎花两分钟蹲着用漂白剂和一块布清理的场景,匆匆忙忙,又粗心大意。因为尽管她不太在意这方面的事情,但是这看着有点恶心,而乔什从不干家务(艾伦对此确信无疑)——当这一幕婚姻场景侵袭他的大脑时,他不由得心生怜悯。凡!——他突然想起坎迪斯的建议,弯下身看洗脸池下面。什么也没有。一个廉价卡扣锁着一个薄柜门。也许在洗脸池上面?他打开一个看上去无疑是宜家的储物柜。右边放着男士用品——剃须泡沫,剃须刀,除臭剂。左边是女士用品?有一个药瓶,是不常见的焦橙色的塑料材质,用的是白色飞轮盖,写着"CVS"。就是它了。"凡妮莎·奎里。安非他酮。0.5毫克。"瓶子半满。他记下药名——当然他最后会将"p"和"b"混淆——然后冲了马桶。水下得很缓慢,排水无力;他想它这样怎么运送得了乔什的一坨大便。

楼下的客人开始离场。库尼斯医生已经站在走廊里了。空气令人窒息,散发着臭味,好像混杂着明显的酒精味。艾伦因没有送别凡妮莎的同事而内疚。也许他可以过几天去探望他们?盖瑞·穆霍尔就不必了:他明天坐飞机走——"赶着好天气"——去得克萨斯州的奥斯汀在为期两天的会议上进行论文汇报。艾米·艾萨克森说她应该会"在学校",但是明确表明——明确而又毫不失礼,艾伦很赞赏这一点——她没有时间接待奎里教授的老爸。不过,享受退休生活的库尼斯医生有充足的时间;他很乐意再见到艾伦;他就住在三个街区外;凡妮莎对他的信息很了解。反过来,艾伦试着劝退他,现学艾米·艾萨克森的方式,虽然得逞了,但是相当蹩脚,甚至还有些凶恶。

房门一关上——残余的极地冷空气徘徊在拥挤的走廊——凡妮莎转头对爸爸轻声说,"所以爸爸,你不喜欢西奥·库尼斯?"

"哦,凡妮莎,我觉得我有权利不接受我女儿的心理治疗师的心理分析。我虽然该负一部分责任,但是不是全部。"

"哦,行了!爸爸,他才不是心理治疗师或者心理分析师,他从没干过这个,不过我知道他读过很多弗洛伊德。他在镇上当了二十多年的医生。我的全科医生,也是艾米的。现在退休了。我们是这种关系。加上读书小组。"

"真的?实话?"他觉得自己很蠢,"为什么海伦刚刚声称他是你的心理治疗师?"

"我没声称他是,"海伦说,"我也不清楚。我怀疑他是。"她咧嘴微笑着说。

"我觉得你是想气我,海伦。我不喜欢被这样整蛊。"

晚上剩下的时间里,一直到她让乔什开车送他们回旅馆之前,凡妮莎很享受给这对争吵的父女俩当家长。如果他们不能维持和平,她就必须出面,强制执行。

29

在凡妮莎看来——她坐在沙发上,抽着烟等乔什从亚历山大酒店回来——她妹妹和父亲注定一见面就吵起来。他们都是自诩谦逊、理性实则自傲、冲动的人。她小时候有时会羡慕海伦能对父母恶语相向。爸爸和海伦争吵时,他们的对话是平等的,至少是基于某种情感联结的,这两个自信的人格认定眼下的问题是真正要紧的;生命在于行动,而非思考;胜利不仅可以通过智慧还有情感取得。凡妮莎讨厌冲突——部分是因为她不相信和她大吵过的人会像之前那样喜欢她。

而且,争论难道不总是晚到一步吗?它们就像雷声,追赶着愤怒的闪电;喧闹地向一种已经消散的能量致敬。另一个问题是,她太容易从手头的事情中抽离而从看清——在永恒的相下①——一切事物。这份超脱真的算是一种"问题"吗？它妨碍到她的正常生活了吗？恰恰相反，她对很多事情都充满了热情，在一些东西上她的热情超过了海伦。比如，她自然比海伦更思恋母亲。也许这是因为她很长一段时间都独自一人生活，没有伴侣或者孩子来慰藉或是转移注意力。孤独的时候，凡妮莎很想念母亲。每天睡醒，她都能记得昨晚梦见妈妈，被迫于梦境中重温不堪回首的母亲之死。一个简单、哀伤且幼稚的问题填满了她的存在——她理解，没有比这个更哲学同时更不哲学的问题了——"她去了哪里？"她竟然消失了，令人震惊和费解。那个走进房间后顿时让房间充满她独特的迷人香味的女人。母亲的肉身——骨头——在诺森伯兰郡的一座坟墓里，她可以拜访。但是母亲的灵魂去了哪？她愿意相信母亲的灵魂有轮回，自己就可以用一种佛家的方式和它高兴地交流。还有记忆，它自然意味着一切；还有海伦，她在某些时刻像极了母亲，甚至散发着和母亲一样的香味。还有英国北部的那座坟墓，和它的陷落的、被劫掠和禁锢的墓主。

---

① 荷兰哲学家斯宾诺莎（Spinoza）认为，我们应该"在永恒的相下"（sub specie aeternitatis）看事情；任何事情是必然的，我们要以一种全然接纳的观点来理解世间的事物。

此外，什么也没有了。没有灵魂。甚至马耳他的教堂里也没有，那里她的邻居喜欢说"战胜死亡"。她消失了。可怜的妈妈！为什么爸爸活得满面春光（和坎迪斯），而她却要入土？

一想到这些她就难受，但又忍不住不想。这是她的真正"问题"——不是超脱而是走不出来。这些年，凡妮莎得出结论：当一位哲学老师需要的素质与她如何生活关系不大。在哲学上，你要不停思考下去、反复钻研直至到达终点。这个终点，论证的终止，是形式上的而非真实的，是智识上的而非形而上学的。即便如此，它也有益处。你抵达设计好的论证的极限，你选中的绳子的端点：文章总有结尾，论文最后要公开发表出去，课要讲完。专业的哲学家通常要做更专注、深入的思考，要面对暂未解决也许不可解决的难题，而这些是课堂、论文和书本之外的东西。她是在读了托马斯·内格尔的论文《荒诞》之后——不，阅读时——决定当哲学家的。她做的笔记还留着：牛津，1986 年。没有比那篇文章更好的目的性研究的例子了，它知道哪些不必深挖。内格尔知道如何思考，以及何时应该停止思考。

他的文章之所以触动凡妮莎，是因为它对形而上学的无意义娓娓道来（即哲学性地）。内格尔列出了一系列同心圆：他承认，在个人生活的目的上退一步思考，并且怀疑它的意义是很正常的；问这样的问题是正常的："我现在做的一切是为了什么？我的生活有什么意义和目的？也许人生没有意图或者目的，这么想是正常的。在这个圈外有一个更大的怀疑圈：同样，我们可以回到一切人类历史或者科学、社会、政治的历史甚至地球的起点，询问：所以呢？这些微不足道的凡人的努力算什么？它的目的和意图是什么？同样我们会想：也许它就没有意图或目的。一切，内格尔称，从永恒来看，都可以"被质疑"，并且在这个过程中我们处在荒诞的边缘，凝视着深渊。凡妮莎记得自己是二十岁时读到的这篇文章，一面怒冲冲地将这些冷酷的句子划线，一面称赞它的犀利思路，甚至连连点头表示赞同。但是当时内格尔扮演的角色是学者型哲学家，他停止了论证，为这篇短论文写了结语——显然是对于加缪的反驳，但写法高度克制。我们不需要过于为荒谬而担忧，内格尔总结说，因为从永恒来看一切都不重要，那么从永恒来看荒谬也不重要——"我们可以用讽刺而非英雄主义或绝望来面对荒谬的生活。"

年轻的凡妮莎立马坐起来——她躺在牛津大学新学院通风良好的房间里的床上读这篇文章——深

表反对,想要在纸上和内格尔争吵,不是和他本人,而是通过文字争论,这种想法是一种哲学上的冲动。逻辑上,内格尔无可指摘:如果一切都不重要,那么真的,一切的一切都不重要,包括"一切都不重要"这一事实引发的绝望。但是话说回来!——一个人怎么可以在如此专业地研究过加缪在《西西弗神话》(她很喜欢这本书)中的雄辩之后转过头冷静地无视这些前提呢?因为,如果一切都不重要,那么哲学也是。这位来自纽约大学的终身教授告诉这个没上过保险的充满热情的法国人(一个英雄人物,不过正如萨特所嘲笑的,算不上是哲学家)、一个经历过第二次世界大战和阿尔及利亚战争的人,如此投入地书写荒诞本身就有些……荒诞。比起热情或者绝望,讽刺、自知、冷静地分析是更好的生活态度。

她如今明白,自己打的调解分析哲学和欧洲大陆哲学矛盾的小小战役也许正是源自在新学院床铺上的那一刻……萨特说的对:加缪不是什么重要的哲学家。但是凡妮莎崇拜加缪的原因正是他的不够哲学。今天,她觉得内格尔代表的是学院派哲学,它有自己的优缺点,而加缪代表着生命力,它的优缺点更为明显。如果按照内格尔的方法进行哲思更容易走得长远并且获得更优渥的生活。但是采用加缪的思路更有难度，也许这就是她至今没有在学术上大有建树的原因。显然，在人生中花太多时间思考人生是一件相当危险的事。如果一个人知道如何思考以及如何停止思考，如何打开和关闭思考的圈，那么他/她就能获得很好的生活——这一分支被称为学院派哲学。但是如果一个人的思考圈不停地增加呢？如果难以停下思考无意义、思考形而上学荒诞、思考万物的短暂和无意义？如果绝望——可怕的沉重的绝望——不停地回访，正因为一个人不能像内格尔那样"把它视为一个问题"，那又怎么办呢？

乔什——乔什终结了她的孤独，终结了她多余的思考、人生不值得一过的糟糕感觉。(你把宇宙当成一颗药丸吞下，然后像尿尿一样把它排出去，它离开你的身体，同时带走了重要的一切。)她很爱乔什。她爱他的……从哪里开始？肉体……从这儿。也许这么说很傻，只可惜她的前男友们——他们就是这样(两个都是!)——太脱俗了，是完全相反的类型：肉体让他们难以启齿。乔什喜欢自己的身体并且坚持肉欲之爱。她喜欢这种坚持，他的需求可以迅速将自己的点燃。她喜欢他结实的手臂，喜欢他自私的屌顶住她大腿的感觉，喜欢他在高潮时闭着眼皱起眉，好似在沉思的表情。和乔什在一起的时候，这一切就停止了。她讨厌醒来发现他已经起床,接着这一切又会卷土重来。

上一次"卷土重来"是在三个月前。比之前最严重的时候都要更加糟糕。一天吃晚饭时,她只是暗示她和乔什可以在未来什么时候搬去英国一阵子——她受够了斯基德摩尔,她说自己看厌了百老汇大道上的建筑物上飞扬跋扈的十五面美国国旗。乔什露出一种不悦、闪躲、难受的表情,她明白,已经明白了……情况不妙。他绝对不会和自己去英国。

这件事她可以忍受。没关系,他们可以住在萨拉托加温泉市——或者纽约和芝加哥。只要他想。她不能忍受——不敢想又不能叫自己不去想——的是,乔什露出那种闪躲的、微笑的、软弱的、警惕的神情,裂缝出现了:他不考虑去英国,不是因为他不能想象在那里生活,而是因为他不能想象和她一起生活,无论在哪里。乔什的确是一个小孩。他活在永远的当下,关心那么几件事——抽屉里的 T 恤和内衣,还有一台电脑。她喜欢这种随便。这在道德上也是值得称赞的:你想野地里的百合花怎么长起来[①]。他从不

---

① 出自《马太福音》:"何必为衣裳忧虑呢? 你想野地里的百合花怎么长起来,它也不劳苦,也不纺线。"

看前方,从不"思虑明天";而当她提出这样的要求的时候,他退后了,帅气的脸上露出一抹傻乎乎的软弱的笑容。

她的痛苦难以形容。她睡不着觉。晚上,乔什和她一起躺在床上,但已与死无异,就像他们的关系,也成了一具尸体。早上,她又起不来。她几乎没法捱过整节课。所以乔什离开她,完全放弃她了,他跑回芝加哥自己父母家,凡妮莎取消了圣诞节回诺森伯兰郡的机票,她还是晚上睡不着,早上也起不来,拉斯基医生开了安非他酮,没有一点用。她想父亲和妹妹来救自己,但是对此事之症结难以启齿;她希望母亲复活,希望妈妈像自己小时候生病那样在她床边照顾自己(喂自己"葡萄适"饮料和葡萄)。她一动不动地躺在那张床上,毫无勇气迎接白天的到来。去洗澡或者做早餐、给在芝加哥的乔什打电话都好像是浩大到不可能完成的任务。她的右臂开始疼起来,几乎抬不动,仿佛瘫痪了,一天早上,她走到浴室里,看着镜中的自己,非常害怕自己要伤到胳膊。不到一个小时之后,她就摔下楼梯,折到了那条胳膊——后来,安非他酮终于开始起效。

这场意外改变了一切,就像一般外伤造成的影响。住在隔壁的福音派教徒听到她的叫喊,为她装了一根吊索,开车带她去看全科医生。她打了电话给乔什,他马上从芝加哥回来,殷勤又热心。自责不已。他做了一张卡片,贴上了一张他们的合照,是他们刚在一起时艾米·艾萨克斯拍的;他在上面写着又甜又尬的句子:"英格兰,大不列颠,欧洲,世界,宇宙。只要你想。"乔什突然变了一个人。他一心陪着她,给她讲自己父母的故事,还坚持要她和自己回芝加哥过圣诞节,和他父母见面。

在芝加哥过圣诞节的时候,他们点了中餐外卖(没有火鸡,也没有煮到皱巴巴的芽甘蓝)。乔什的父母看起来很喜欢凡妮莎,而且她自己也不禁喜欢上了他们。起码有一点,他们都是知识分子。她喜欢那间舒适的大公寓,堆满了书,视野开阔,看得到密歇根湖的景色。这是一个幸福的家庭。你很快就可以判断出一些东西;房子散发着自己的气质。房间的布置是乔什母亲品味的代言,她是一位家庭心理医生。凡妮莎喜欢这种母权制的家庭——乔什和他父亲温柔细心,对温蒂·里奇惟命是从。反过来,她头脑冷静,脾气温和。乔什继承了他母亲的长相:凡妮莎认为她很美,面容忧郁,仪态优雅。一开始温蒂让她畏缩,她怕这位专业心理师不停运转脑袋,诊断和分析自己。当温蒂盯着自己时,凡妮莎快速看向别处,为了保护自己的灵魂不受窥探。乔什到底告诉了她多少事情？她怎么看自己右臂上的石膏？不过，比起成人，温蒂对儿童更感兴趣。儿童成长是令她着迷的领域。她说，她个人认为在十岁——还是十二岁？——人的成长就停止了。温蒂对凡妮莎的职业很感兴趣，想和她讨论自己二十世纪六十年代在哥伦比亚大学上学时读过的哲学家——马尔库塞、阿伦特、萨特。凡妮莎用尽了全力，还是觉得自己发挥失常。

乔什的父亲亚当·里奇有几个和他儿子相同的习惯：他说话很快，喜欢咬舌，而且对不明确的事实同样固执己见。不过亚当比乔什更加务实，对成功和物质更感兴趣。他爱收集科技玩意儿，还给凡妮莎展示了：Nespresso 咖啡机（"我花得最值的两百美元"），不锈钢榨汁机，还有一个能够在三秒钟之内打开红酒软木塞的奇妙装置。亚当有时候让凡妮莎想到自己的父亲。她觉得这两个人也许会互相喜欢。然后她猜到亚当·里奇可能会吓到艾伦·奎里——他很少能被吓到，除了亚当身上的这种力量：一流的智识，强大的自信，这种自信，在美国通常见于犹太人，而在英国则见于贵族。

总之，她喜欢亚当和温蒂彼此聊天的方式。不像自己的父母（就她所记得的），他们学会了如何彼此调笑又不吵起来。亚当的宝物——他的最好的玩意儿——是他停在第31街港口的一条小船。温蒂向凡妮莎抱怨他从不真的开出去。"如果你把使用的次数全部加起来,用它去除维护费,你会得到一个令人心碎的数字。"对,亚当亲切地说,"但是如果把我想到它的次数都加起来再算,这个数字就看起来好多了。"

在芝加哥的第三天,凡妮莎知道了自己想加入这个富于智识又务实的家,在他们家永远生活下去。她注意到,茶几上的一本温蒂的心理书的名字很荒诞:《性别作为软装修》("一本新书,其实很好看。"温蒂说)。这个名字成为一些人嘲笑的傻东西。乔什故意给它造句——"当我的兄弟回家,更像性别作为硬装修",等等——而且坐在桌前时,他们又因为可笑的《性别作为软装修》而发笑,每当这时她都意识到自己并没有彻底绝望。待在这些温暖的人中间,加上假日休闲气氛的鼓舞——屋外过圣诞,但是这所房子里不过圣诞——她的悲伤似乎莫名地消散了。这是乔什给她的礼物:在这个犹太人的圣诞节期间,他把自己的家给了她。

他做的不止这么多。芝加哥之旅结束后,他们回到了萨拉托加温泉市,讨论了未来的生活以及想象的在英国生活场景,然后他给海伦发了邮件暗示她,如果她到访纽约,要来纽约上州给姐姐打气。自然,海伦告诉了爸爸,所以乔什对这一切负有直接责任——不论好坏!——对于爸爸第一次光临自己在萨拉托加温泉市的房子。

不过,绝望从未彻底清除;记忆仍在,因此它总是潜伏着。她常常想起小时候在康沃尔度过的假期,有一种不安的诡异的感觉——蓝色的海总是在附近。在高高的灌木篱墙的走道中,在漏斗形状的小径里,你可以感到外面的海,可以想见地面延伸直至终结,就此断裂成为悬崖。在每个区域,每一条路上,你知道——海永远在不安分地撞击着,在你看不见的地方,事物的尽头。神奇又有些可怕的是,她记得这一切。不过那景象是另一种可怕,甚至有些丢脸,对一个常年教《亚里士多德和人类繁荣》课的四十岁哲学家来说。因为绝望是像海一样的东西。它无休止地捶打着,你看不到,但是总是在那里:人类繁荣的劲敌,不断地蚕食着它的边缘。现在,她将悲伤推开了(拉斯基医生说,你要继续服用安非他酮)。现在比她以往很长时间都要快乐,她有理由希望乔什的充满警觉的傻笑是出于无知的恐惧而非洞悉后的宿命感。他现在好像完全是另外一个人了。

30

第二天在旅馆,艾伦早早就起床,打电话给坎迪斯,她给了他说了安非他酮的专门用途——一种治疗焦虑、失眠、情绪波动等等的抗抑郁剂。

"不过她为什么抑郁啊?"艾伦用孩子气的沮丧腔调大叫。

"那种方法真的有用吗,亲爱的?"

坎迪斯问他,有没有发现她在服用另外一种更严重的药?她认为凡妮莎至少在用两种药物治疗。倘若是你的女儿,他心想,你不会想去确认有没有其他药的;你会回避这个话题;你的凝视会灼伤自己。他转移了话题,告诉她——这是事实——他觉得自己与世隔绝了好久。因为大雪将他封锁在这座冰冷的白色王国;或者是因为情绪太激烈,他变得脆弱不堪,尽管他看上去很无畏。时间仿佛穿着笨重的雪地靴在这里缓慢跋涉。坎迪斯给他讲了家里的消息和八卦,来给他提振情绪;他们的邻居——那位准男爵(她觉得这个词特别拗口)要建一个室内游泳池,因为康普顿夫人的关节炎很严重——游泳或许对她有用。艾伦喜欢听这些故事,听完后情绪很容易舒缓。现在,准男爵的人生似乎很理想,一种完美的肤浅的英国特性。但是他没空继续听下去,他还要和母亲通电话。妈妈也要给他拉家常——养老院有一位老太太,这几年她一直在为自己的教堂制作神圣挂毯,如今终于做完了,结果发现教区现在让这个小教堂关停了——当然这故事没有令他舒缓情绪,完全是起到了反作用。妈妈想听他说乔什的所有事情。他这个人看起来有凡寄给她的照片上的那样好吗?他是"好小伙"吗?凡妮莎不能和他结婚然后回家吗?凡虽然年纪不小了,但是没到连一个孩子都不能生的程度。如今好多四十岁的女人都能怀上孩子,"报纸上这么说"。她对凡妮莎在萨拉托加的生活一无所知,不过她仍然像《意大利任务》中的布里杰先生一样,在英国监狱里也不放弃给意大利人做任务,艾伦疲惫地放下话筒时心里这么想到。不过听到母亲的声音时,他想和她并肩坐在老旧的印花棉布椅上。很久以前,她上楼给他晚安吻时,他会问她:"你把针线活带上来了吗?"如果当她说有,他就非常开心,因为这就表示妈妈会留下来给他讲个故事。

他们在凡妮莎家一起吃了早餐。海伦在一个钟头之内就要去纽约,然后去伦敦,她看起来精神很好,站得笔直,散发着有些不合时宜的元气。她小题大做地称赞了姐姐:"咖啡太绝了,凡,太感谢啦!这是哪家的果酱?当地的,哇塞。可以找到它真是太棒了。"艾伦明白是怎么回事:她在为自己要兴冲冲地离开而赎罪。凡不言不语,看上去有些焦虑,仿佛与世隔绝,而且没精打采。她十二点要给新学期的班级上课,讲伦理与行动,她心里没底;她在桌上放了一本书。凡讲了个苍白的笑话,说自己要给"露西·斯基德摩尔·斯克里布纳女士的年轻女性工厂俱乐部里的幸运孩子"(原来这是学院的原名)上课。

艾伦都忘了凡妮莎和所有人一样要出门谋生。乔什——他站在烤面包机旁边,踮着脚掌蹦了几下,打了一个喷嚏。他早上起来会有些过敏症状。新 T 恤上印着"奇尔马克消防局。保持距离 300 英尺"。艾伦很乐意遵从这行字的指示。"你有多少件?"他指着乔什的胸前问。"噢,多得超乎你想象。"乔什愉快地回答。

海伦的车提早到了,当然——是一辆巨大的黑色雪佛兰萨博班,透着阴森森的气息,粗重的排烟管像船上的一样咕噜作响。着装帅气的拉丁裔司机在他的亮黑色驳船的映衬下显得好小一只,他下来打开了后车门。可以看到车内的米色皮革坐垫,仪表盘上的风扇冒着热气。美式的铺张:是海伦喜欢的。她请了一名司机送自己去三个半小时路程之外的纽约。他们短暂且热烈地告了别。艾伦给了海伦一个大力的拥抱,感激地吻了一下她那和凯茜很像的脖子,闻到了她身上和凯茜很像的香味——他希望通过这个吻让她明白,他没有生气。在他工作的场合,有两种类型的建筑商:咆哮型的,大恶人;和耐心的、安静型的,他们属于经历了风浪的那种。他知道自己是哪一种。海伦保证自己回了伦敦会给他来电。和凡妮莎拥抱的时候,海伦好像在姐姐耳边说了一些悄悄话。这辆厚脸皮的雪佛兰嘎吱嘎吱地开动了,打出了明亮的刹车灯,她离开了。

他们回到厨房坐下后,一种尴尬的感觉爬上心头——对袒露的尴尬:他们失去了掩护。没有海伦在场,他们到底应该对对方说什么?这一点救了他:周末结束了,今天是星期一,是工作日。乔什说自己要进城扫描一些文件,同时打印一些彩色文件。凡妮莎要去学校一趟,和学生见面然后在中午上课。爸爸有兴趣在那之后吃午餐吗?回家里来?在那之前,他会做些什么？艾伦觉得自己会在这儿待一会儿，边喝咖啡边读《纽约时报》。然后，因为凡和乔什在接下来几天都会很忙，也许他会考虑租一辆车。他想开车在周围——著名的"纽约上州"转转。这会让他花掉好些时间。凡妮莎说他应该开她的丰田。因为手臂受伤，她也用不了。艾伦一直暗自期待着能驾驶一艘搭载V8引擎的美国豪华游艇，不过他谢绝了凡大方的——和俭省的——提议。乔什站起身，说自己可以和凡妮莎一起走去学校。她洗起了餐盘。"让我来，"艾伦说，"我过的是岛上的时间。你去为上课做准备吧。"听着她跑上楼、烦恼地叹气以及浴室门的撞击声，他很开心。仿佛回到了从前，孩子们为上学做准备的时候……

31

现在他独自一人了,他读着《纽约时报》——他喜欢它的讣告栏:在美国他们会告诉你逝者的死因,不像英国那样用委婉语"久病不愈"(他的亲身经历告诉他这根本不算委婉)——一边想着在门铃响起的时候出门。当然来者不是乔什,他早就从城里回来了,反锁在自己的房间。不过,冒着冷气的门口站着一位陌生人:一个平平无奇的中年男人,值得注意的是他没有穿外衣。

"我是杰里·登特——我们在星期六晚上见过面,不过那天很黑。我们住在隔壁。狗……"

"对——对。艾伦。凡妮莎现在恐怕在上班。她会在午餐的时候回来。"

"其实我是想和你说两句,如果你有空的话。你介意吗?"他的话同时包含着热心、力度和温柔。艾伦知道是哪种风格:当地牧师。心里警觉但是别无他法,他觉得自己不得不邀请这个人进到厨房。他认为自己比杰里的个子高一些,也更强壮,尽管他们年岁有差。既然说到这儿……杰里肩窄得像一只河狸,核心很弱。没有肌肉的基督教徒。艾伦感谢了他在凡妮莎摔下楼时给了她帮助。

"她告诉我你和你妻子用抹布做了一条吊索——还开车带她去了医院。真是善人。我可以和你说,我住的地方可没有这么好的邻居。"

"这是我们能做的最基本的。她当时……哦,当我们发现她的时候她的情况很糟糕。我指的不是生理。说实话,我找你是想说——今天早上我看到乔什和凡妮莎都出门了,只有你在家,所以我来……黛安和我很担心凡妮莎。我觉得……"杰里环顾了四周,夸张地说,"这个家不是和睦的。我感到了这里有一种悲伤,精神上的悲伤。"

"哦,"艾伦受到了莫名的触动,"这些年,可怜的凡妮莎一直活在战斗里。像她妹妹一样。像我们一样——死亡,离婚和税务。"

杰里是一根筋。"可是谁能平息她的战斗?谁能救她?"他问道。

"这是什么意思?我知道自己只在这里待一周左右,不过我在尽力帮一些忙。"

"别相信王子,别相信凡人……"

"抱歉?"

"我没有责怪你。什么可以救她?凡妮莎去过我们的马耳他教堂,你知道吗。她说自己只是去那里'看看',但是她看起来不像一个理性的观察者。"

"如何不像?"艾伦很感兴趣。

"在赞词环节,她跪下来哭了。当时我们坐在她身边。我们觉得她心里有太多痛苦,还有罪恶感。就是她心里的罪恶感让她哭成那样。"

"痛苦,但不是罪恶,"艾伦坚定地说,"没有罪恶。"

杰里笑了。"你对无罪这么确定?对你来说是好事。基督徒不会这么确定。"

"我不确定自己没有罪,只确定她有没有。"艾伦还想说:该死的别把她算进去。"就我所知,"他继续说,"凡妮莎不是基督徒。目前不是。"

"也许不是,但是她后来又去了教堂,做礼拜的时候一直在祷告。激烈地祷告。紧闭着眼。为什么人或事祷告。问题是——她需要东西带她走出痛苦。这肯定不是长期服用的药物。"

"药……"

杰里看上去有点不耐烦了。

"我们带她去了医院,她要告诉值班的护士自己有没有过敏史,以及有没有当时在服用的处方药。黛安站在她身边,她看到凡妮莎写下了两种不同的抗抑郁药的名字——"

"这是她的事,这只是她自个儿的事。我说清楚了吗?"

"说清了,说清了。清得像海军咖啡,我的老爹之前就这么说。好,等一下:我来这里不是想吵架或者来气你。我们只是关心自己的邻居。我很抱歉带给你不好的消息……但作为一个基督徒,我有责任……艾伦,你——你介意和我一起祷告吗?我想这么做。"

他介意极了,但是不想看上去无礼——毕竟,在他走了之后,凡还要和这些狂热的基督徒生活在一起,坐在同一条教堂长椅上。杰里突然牵起艾伦的手,低下头。就像小时候要在午餐前念一遍恩典,你的本能反应是想笑出声或者在餐桌下踢你最好的朋友的小腿。像一个怨气冲天的孩子,惊讶于自己所做的一切——突然意识到自己想小便——艾伦闭上了眼。杰里的手干巴巴的。他那松弛的身子摆正然后微微颤抖着。他的声音抽搐着,听上去像猫王的模仿者:赌场里的男低音。

"主耶稣基督,我们请求你的恩典降临这个房子和待在里面的所有人。我和艾伦今天在这里为凡妮莎祷告，请求你的恩典和保护，愿你能化纷争为和睦，化干涸为肥沃。愿你能治愈凡妮莎，我的主。最后，我们祈祷，主啊，愿你将宁静赐予这座房子，你是至高无上的牺牲的榜样，你知道最大的宁静只来自你，荣耀的主，我们的救星，耶稣基督。阿门。"

"阿门。"艾伦大声说。在做祷告的时候，它——消失了：他预期的要比这糟糕很多。杰里带着乐观、惊讶的神情看着他，仿佛派对上的佳人意外地答应和他跳舞。得人的渔夫，得人的渔夫[1]，艾伦心想。

杰里离开后，艾伦立刻感到一阵眩晕，决定马上出门。他受不了再遇到乔什。令他欣喜又害怕的是，自己没有一点计划——这一天像辽阔的雪原一样在他眼前展开。他隐约觉得自己应该开车转转，看一下地势。景色很美——碧空一望无际，在白色大地的映衬下闪闪发光——不过天太冷走不了太远。所以他钻进了凡妮莎的丰田普锐斯，当他发现后座上乱放着几本从图书馆借来的学术书时，他露出了微笑。丰田普锐斯真是一台可恶的机器：他明白这是一种混合车型，不过它有必要看上去像水陆两栖动物吗？难看的

---

[1] 《圣经》中，在主耶稣呼召彼得、雅各、约翰、安得烈跟从时，提到"得人如得鱼一样"。渔夫通过撒网，得到鱼。传福音的人将福音传给他人，然后带领他们得救归入基督的名下。

前灯,现代的汽车大部分都是这样。他年轻的时候,汽车是有脸的——大嘴巴和圆眼睛分得很开。那辆老旧的罗孚 P5B 看着就像哈罗德·威尔逊一样诡异,也许这就是为什么英国首相总是使用这个型号的车。原来这个傻孩子在自己的车里吸烟——浓稠的、凝固的空气一开始真让人受不了。像火车上的旧式吸烟车厢或者双层巴士的顶层。烟灰缸和控制台上布满了灰扑扑的烟灰,歪歪扭扭的烟蒂装了满盘;两个旧水瓶在前座的水壶槽里滚动;座椅的面料有好几处破损了;有东西洒在后座上过。一盒抗菌湿巾被塞在驾驶座的置物槽里,给人一种修正的幻觉。

他驱车沿着百老汇大道一直开,经过气派的亚历山大酒店和精美的建筑,缓缓驶出了城市。如果他能离开主路开到野外的小巷子就更好了。那里才有生活的气息。这里你要靠右行驶,真是见鬼,他自言自语道。靠左行驶①。注意左边②——不,那是在多佛,从法国回家的必经之路。他开得有点紧张,一排车超过了他。另一辆普锐斯蹿到他眼前,亮紫色的,车尾像学生的背包那样粘满了贴纸:至少反全球变暖之战

---

① 原文为德语。
② 原文为法语。

卓有成效。信徒升天不是一种撤退策略。W代表战争。我现在就反对下一次战争。非常磨人,就像乔什的T恤那样,尽管他在微笑。

当这辆满是文身的普锐斯左转下主路时,他跟着这么做了,到了小路上他调慢了车速。他穿过冬眠的荒芜的田地,来到了一片庄稼地,或者看上去是这样——一座教堂形状的谷仓,银色的竖井像导弹一样耸立。一辆带拖车的四轮摩托车。马路上没有护栏;鲁莽的行人可能会掉到草沟里。不过这里一点也不像乡下:时不时出现一所大的现代中学(骑士加油);这里有加油站,还有一些退伍军人大厅(周一吃鸡);一辆待售的破旧的福特皮卡,里程数九万二千英里,停在开阔而干净的被雪覆盖的屋前草坪中间,像一首野蛮的现代诗歌自觉地被空白页包围着;一家不能让人放心的旅馆——低矮的小木屋莫名地像小牛圈——似乎在1957年就关张了,不过仍然贴着招租广告;一个棚屋挂着提供电脑服务的广告牌(店名叫"唯一连接")。开了几英里,一路全是这些失败的企业景观,它们坚持着——或者勉力维持着,艾伦心想——因为这一目了然,清楚得像海军咖啡——萨拉托加市外的生活十分艰辛贫困,以至于他想起了英国的东北部和他的童年:他和他的父母多么一穷二白,他和妈妈步行走过所有地方(那些冒着烟的纽卡斯尔街道)。他们搬到杜伦——并且起家——之前,妈妈向生活在街道另一头的大房子里的富人邻居假称他们一家每周至少有三顿晚餐吃肉。水煮卷心菜散发出脏衣服的味道,那味道深入骨髓:他到今天都拒绝吃卷心菜,拒绝买。不过他很享受在这里看到的景色。这里很不一样,所有事物都有锐利的轮廓,这种差异感带给人的冲击不亚于闻到很浓的锡的味道。

他想开去看海伦一直谈论起的特洛伊,不过他折返了,因为他有了另一个想法——去学校听凡妮莎讲课,这想法酝酿了四十多分钟。他把车掉头,把普锐斯的油门踩到最大,在半小时内回到了城里。

32

就像萨拉托加这座城市一样,斯基德摩尔学院的校园也是郁郁葱葱的,环境宜人,仿佛大学生来这儿是专门研究林业的;这些奇妙的树,根没在高高的雪地里——茂盛的枫树,高大的白杨(冬日里,没有什么比杨树看上去更加萧瑟的东西了),苗条的银桦——它们的树皮破破烂烂的,看上去像受伤了。过多的停车场,令人困扰的美国罪行;不过现在倒是于他有用,因为一名乐于助人的学生正指着那停车场(他差点没克制住去问他:"你也是去听奎里教授的课吗?"),他走进了一座带深凹窗的不知名的砖楼。上了功能楼梯,穿过几扇普通的门,他最终来到了哲学学院。真是的,他期待什么呢——帕台农神庙?三一学院,剑桥?整栋建筑很小,比家乡的乡村邮局大不了多少。在一个看似是咨询台或者秘书站的地方,他询问要听奎里教授的课应该去哪里。"你指的是《伦理学导论:行动与思考》这门课吗?你报了社区旁听生项目吗?"

艾伦说是的。"那你穿过这扇门,沿着走廊向前走然后右拐。找到巴尔斯顿房间。"

他紧张得像个孩子,沿着走廊向前走的时候,他可以感到自己的胳膊在颤抖;一名学生从他身边挤了过去。这个孩子要和他去同一个地方——一个布置得像教堂的房间,里面摆放着一排排半圆形的长桌子。艾伦扫视全场,找到了一个隐蔽的座位。他在最后一排,挨着全场仅有的另外一位老人(估计就是参加社区旁听生项目的)坐下。结果他是——啊,库尼斯医生……戴着一顶绿色羊毛帽,十分时髦、小巧,宛如一个优雅的绿精灵。当然。艾伦绝望了片刻,然后提醒自己,库尼斯医生其实不是心理医生,而且在他们上次见面的最后时刻,艾伦唐突得有些令人费解。

他友好地握住了对方伸出来的手,并且假装自己在完成一个许诺了很久的约定:来听他的女儿讲课。这时女儿走了进来,下了阶梯,手里拿着讲义。艾伦有像上学时那样起立的冲动(老古董库尼斯肯定也能理解这种冲动);他用力抑制自己不体面的焦虑,自己打颤的膝盖。他怕自己影响她的表现,怕自己的在场会引发她的情绪,让她觉得被冒犯而生气。怕她会在学生面前丢脸。(学生好少!为什么这么少?不正常。)凡妮莎低头看着自己的笔记,用笔做了几个标记,然后她的目光开始第一次正对前方。显然,她看见了坐在狭小的教室后排的父亲,她直视着他,转过头来微笑着,看上去很开心、自信。她没有受惊,没有感到尴尬;她只是觉得兴奋,他竟然费心来听课,成年人很少(或者很少承认自己)这样兴奋。

她平静地站在听众前面,用温和而权威的语气发言,偶尔由于集中注意力而眯起了眼,这是她的一贯风格,她解释说这是这学期的第一堂课,将主要是介绍性的,还表示希望学生不要因为自己戴的青绿色石膏而分心——"有次和楼梯打了一架,很明显获胜的是楼梯。如果我当时再清醒一点,我不会选这个颜色——不,不,这是一个笑话——但是如果你们当中有人热衷于研究色彩哲学,对于究竟是否存在'绿色'这种性质等等哲学问题感到着迷,我强烈推荐你们去听艾萨克森教授的关于大卫·休谟的课,你们仍然来得及报名。不过你会意识到它不可能像这门课一样好。"她接着说:她的课会集中讲伦理学历史,从鼎盛时期到现代,从亚里士多德到亚当·菲利普斯,作为行动的哲学和作为思考的哲学都是课程的重点。学期末会有一堂客座讲座,由英国心理治疗师亚当·菲利普斯主讲,所有人必须出席。没错,我们就是这样给他送钞票的,她开玩笑说。

"哲学这个专业能教会你什么？生活！你们有些人会发现：我在引用我们哲学系网站的话。它说得对吗？哲学能教会你生活吗？嗯，可以说，如果哲学意味着什么的话，它既是一个学科，也是一种训练——同时是抽象的和具体的，智识上的和道德上的，情感上的和实际的，是一种可以在思考生活和过生活之间达成理想平衡的思考方式。"她提示听众看讲义上的一段文字，是她从本课程必读书目中复制的一段伯纳德·威廉斯的话："唯一严肃的事情是生活，而我们要过经过了思考的生活；此外（虽然理论与实践的不同容易让我们忘记这点），我们也要在思考中生活。"唯一严肃的事情，她提醒听众，不是哲学——"威廉斯的意思也许是，如果我们别无选择的话，我们可以不学哲学。因为唯一严肃的事情是生活。我们离不开的是它。不过为了好好地充盈地活着，也要思考活着这件事、思考生活本身。这是哲学的定义之一：回到起点，达成圆满。思考生活和活着。这两者的区别是什么？有区别吗？我们可以选择吗？另一位智慧的哲学家，我的母校普林斯顿大学的老师，她有三个孩子——她总是到处奔波，总是迟到，忙忙碌碌，筋疲力尽——她曾经对我说，如果你想要有充足的时间和自由来思考生活，那就不要生小孩。不消说，几乎没有哪个伟大的哲学家做到过。不过,我这位智慧的朋友接着说,如果你想真正地活着,那就应该生孩子并且享受为人父母的时光。这能让你成为一个更好的哲学家——她这样说。顺便说一下,威廉斯有三个孩子。"他的这句"令人拜服的名言",凡妮莎说,可以当作这一整个学期的座右铭。

艾伦的不安立刻消失了,仿佛服用了阿司匹林:他那闪闪发光的女儿轻松地把控着全场,用对他来说具有神奇的权威的语气抛出一串引言、人名和年代;偶尔停下来讲个笑话;中途还转身在黑板上写下"绝对命令"几个字。康德的这个著名术语经常被提及,每一次提到时,她会说,"我将用'CI'指代它——注意,这可不是电视上的法医侦探剧。"(一些好学的学生发出了笑声。)镇静,疲惫而自豪(她在学生面前完全是另一副样子,凡穿着她漂亮的"上课服"看上去万分迷人),他开始犯困了,不得不动用开车时的老伎俩——用指甲狠狠地掐自己右耳的耳垂——来保持清醒。现在她在讲亚里士多德和希腊词 eudaimonia,"有时候被译为幸福或者快乐,不过也许最好的译法是'人的繁荣'。亚里士多德、苏格拉底、康德、亚当·斯密、尼采、弗洛伊德、西蒙娜·薇依、伯纳德·威廉姆斯、彼得·辛格……艾伦的思绪渐渐脱离主题,但没有离开凡妮莎。虽然你的孩子只在某个阶段是小孩,你还是习惯不了不继续将她看作小孩:她站在那儿——好陌生——俨然是一个令人敬畏的成年人。成年难道不是一种虚幻而脆弱的东西吗?难以想象,这个自信、迷人、聪明而富有权威的女人和杰里·登特形容的是同一个人——又变成了伤心的小孩,在教堂里哭得像个孩子,痛苦"从心底涌出",她躺在楼梯下,"情况很糟糕"。如果他向这些学生形容这个人,这个失败的成年人,根本不会有人相信他。库尼斯医生也不会相信他。他一心一意地爱着她;他曾经因为可怜她而爱她的想法让他厌恶不已。凡妮莎本就应获得一切。她是家中的第一个孩子,独一无二。她的才华和幸运是天生的:那位尼日利亚裔的助产士将小小的发红的凡妮莎高举起来,黑色手掌上还沾着生产的血液,然后把她放在凯茜的胸前,用动人的厚重的口音说了让他永远无法忘记的话:"是一个女孩,而且是一个非常幸运的女孩——她应当得到最好的东西。最好的东西。"

33

那天的晚餐氛围出乎意料地轻松。艾伦跳过了和凡妮莎的午餐——下课后,她忙着应对学生,提议和库尼斯医生一起在学校咖啡馆吃快餐,这是一种典型的凡式想法——又坐上了丰田汽车去观光。到了晚上,他报告了自己的"发现"。坐在松木桌前,乔什和凡妮莎温柔地调侃起艾伦。也许是因为话题是美国而非英国,他显得很活泼亲切,对自己的无知以及新得到的知识自喜。他想将杰里的"来访"的消息留到明天再讲。艾伦那天是在史酷比杜特吃的午餐,他选中了这家城里的餐厅是因为看中了它的破旧,就像你选择菜单上第二便宜的红酒一样。在史酷比杜特,他点了一份"伪君子汉堡"(加了芝士和培根的素汉堡)——这是很久以来他吃到的最美味的食物之一。

"什么?真的?我从来没吃过那家。"乔什说。

"味道一点也不伪君子,"艾伦说。"不过我有一个疑问。美式芝士到底是什么?"

"哦——就是一种味道相当清淡的加工过的芝士,一般是橙色或者黄色,你在美国可以买到的那种。"乔什说。

"美式芝士是……美式芝士。"凡笑了。

艾伦以前经历过一次这样的"美式"时刻。午餐过后,他走出餐厅,差点被一只小狗绊倒,小狗的主人停在路边点着烟。尽管他不喜欢在自己脚边的这只小串串狗,但是因为自己差点踩死了这个东西,他条件反射地夸了夸它。这是什么品种的狗?他礼貌地问道。"什么品种?"停顿了片刻。"哦——是美国狗。"她回答。

"问题是,我分不清她是不是在开玩笑。"艾伦说。

乔什和凡几乎异口同声地向他保证,那个狗主人是在开玩笑。美国人确实具有幽默感,你懂的,凡妮莎接着说。

"我已经掌握了窍门。"艾伦说。

"还有好多窍门等你去掌握呢,"凡妮莎说,"有一些是非常古怪的。我现在仍然受不了到处飘扬的美国国旗。这就是我异国身份的标志,我想。"

"让我觉得好笑的是,"乔什说,"在很不起眼的建筑外边都插着巨大的星条旗,比如丰田汽车厂家和麦当劳门店,仿佛这里的一切事物都在齐声高喊:这就是我们最最自豪的东西。至少在芝加哥,只有一些高冷的现代建筑才挂国旗。"

这次拜访以来,艾伦第一次被乔什迷人的外表震撼到:他那双饶有趣味的漂亮的眼睛在发光;他充满了活力,头脑很灵光。当他放松下来,他的咬舌音消失了。而且,他看起来比凡年轻好多:凡妮莎说话很像她爸爸,而乔什说话时——很年轻,很美国。

她今晚很高兴:这学期的第一堂课上得不错;爸爸来看她上课了。海伦离开了。她想念海伦,当她们分开之后她总是会想念海伦。对于她,海伦亲密得——那句关于真主的可怕台词——就像自己的静脉。不过有个糟糕的事实:海伦的不在场让一切变得简单,仅仅是因为她的在场让一切变得艰难。海伦搭乘的是从肯尼迪机场起飞的英航夜间航班,她现在应该在飞机上,在太平洋上空躺在自己的商务舱座位上……

乔什今晚很温柔,急于留下最后的良好印象,或许是因为他明天要去波士顿出两天差——有一个大任务:采访麻省理工学院的十几位计算机科学家——现在还不确定他在艾伦出发回伦敦之前还能不能再见一面。

去波士顿出差引起了仅有的一阵骚动。凡妮莎原本以为乔什只离开一天,她听到还有一晚时明显非常失望。不只是失望,艾伦心想,他仔细地看着她,而是几乎担心——她脸上掠过一丝忧虑、无援。她盘问了乔什。他在哪里过夜？他回家的准确时间？不是高档的地方,乔什防御性地说,只是萨默维尔的快捷假日酒店。"四十八小时后就回家。两周前我就告诉过你这些。"

"这么说你其实来得及见到爸爸。"

她坚称,乔什从没有提过出差两个晚上,只说了一晚,当然他需要待多久就待多久。准许的声音在空中悬置了片刻,凡妮莎最终让它和自己落了地。

"真希望我们可以和你一起去,"她轻声说,"不过我明天要上别的课,而且爸爸约了人在史酷比杜特见面。"

34

艾伦在凌晨三点醒了,不知道自己在哪里。这种情况之前在旅馆房间里发生过一两次,但总是很快就自动解决了:就像一台电脑的屏幕从"休眠状态"切换到活动状态。在亚历山大酒店令人窒息的卧室里,他仿佛无法回忆起自己的过去,就像一种可怕的夜间失忆症将自己的记忆消除了。我在哪儿?他打开灯,但是他完全不熟悉这个房间。我中风了吗?好吧,我知道什么是"中风",所以我还有语言能力。但是我从哪里来,我是谁?他从床上爬起来,摇摇晃晃地走到桌子前。我还能行动,也许我没有中风。我在哪儿?房间正在反过来凝视着他。他心里生出一阵恐惧,为了克制它,他低头看向桌子,看见了一叠纸,上面印着"亚历山大酒店,萨拉托加温泉市,纽约州"。他能感到这些字在自己脑袋里像巨大的家具那样慢慢地游动。慢极了!接着,一瞬间,记忆全部恢复了——对,我从诺森伯兰郡来,我现在在萨拉托加温泉市看望凡妮莎,海伦也来过。据此而言并由此推论:我是艾伦,乔治(已故)和珍妮·奎里(仍在世)的儿子,凯茜·皮尔索尔(离异,已故)的前任丈夫,坎迪斯·李的伴侣,凡妮莎和海伦的父亲。他突然觉得恶心,在浴室洗脸池前趴了一分钟。恶心的感觉消失了,于是他坐到冰凉的抽水马桶上——他把盖子掀了上去——带着感激和羞愧的恐惧哭了。

早晨,在窗户的另一边,干燥的美国阳光确凿无疑地亮着,酒店培根的味道从卧室门口飘进来,他不再害怕,只感到不安和不解。我是什么病发作了吗?他觉得自己非常健康。这个意外让他不舒服的真实原因是,这令他想起了十几年前的一件相似的事,他私下里称之为"哈德良长城时刻"。那是七月末的一个下午。他突发奇想,决定开车去豪赛斯特兹,然后沿着哈德良长城遛一遍小狗奥特。天朗气清,草地柔软。峨参花为道路缀上两条白边。他把车停好之后开始遛狗。有一处高地,他走了二十分钟才抵达,在那里你可以看到长城蜿蜒数英里,构成了绵延的风景线——这对于古罗马人来说,是罗马的伟大防御工事,帝国势力的象征,欧洲北部的边界。它还是一座带着迷人的本土风情的建筑:本土的石头看上去和其他干砌的城墙没什么两样,只不过更大一些。肉眼看去,长城延伸很远,直到地平线,它消失在一片虚空之中。它非常美丽。接着突然间,就像一阵疾风袭来般,它又变得那么可怕:长城仿佛一直延伸到死亡的虚空之中。这是他可以想象它的唯一方式。他凝视着生命的尽头;远方,在茫茫的闪着日光的看不见的地平线,只剩下死亡和死者——已死的和将死的——他的祖父母、凯茜、父亲、母亲(不久)、凡和海伦(早晚)。还有自己?当然,早晚的事。他感到眩晕,于是在湿草地上坐下来。长城的尽头,等待着的是死亡。他后来想到,这并不是一种宗教上的顿悟。它比宗教还要古老——灭绝的确定性,生命的短暂。它在那里,光线无限稀薄的地方,等着他。长城在那里伫立了两千年,守护人类事业的虚空。不,他现在认为这并不准确,长城象征的并非人类事业的虚空而是永恒。你建造出一些伟大的建筑,它们会默默地守护世世代代的人,陪他们度过他们短暂的虚空的一生。前人栽树,后人乘凉。

他永远不会忘记那种下坠的可怕感觉——坠入历史,坠入死亡的漫长历史之中。他把目光从地平线收回,几乎在温暖而受护佑的空气里微微发抖,他回到了车内。

他从没和任何人讲过这件事,而且从那之后他就再没去过哈德良长城。

35

不想一个人吃早餐,加上夜间的失忆症后的余悸,他给凡妮莎打了电话,然后搭乘出租车去了她家。他希望昨天早上的情节重演(福音派传教士杰里除外)——他想坐在凡的茶几前喝咖啡看报纸,而她在楼上像小学生那样磨磨蹭蹭,为这一天做准备。乔什会在上午出发去波士顿,运气好的话可能早已经离开了。然后他打算开着丰田汽车去特洛伊。接着可能去马耳他:他想看看凡和登特夫妇一起做礼拜的那座"著名的"教堂,那儿还挂着介绍其周日面包制作技巧的广告。

令他失望的是,事情恰恰相反。凡准备出门了——她和一位学生约了早上见面——而乔什正坐在餐桌前。艾伦恳请凡注意脚下:胳膊!今天比昨天要暖和一点。阳光弥漫在整个厨房里;天空重新变得碧蓝,他现在想到"美国蓝"就是这样。

今天,乔什看起来很想待在厨房里。现在只剩下他们两个了。"你等下要出门吗?"他问。对,半个小时后他要去取租的车,乔什说。这次出差是一次长途旅行:他要在9号国道上开一两英里,到赫兹办公室。他们围绕萨拉托加温泉市的城市发展漫无目的地聊了几句,艾伦说百老汇大道上的餐馆和咖啡馆让他很意外:至少有十家。有一天,乔什说,美国所有的富裕城市的大道都会连成一座大排档。"现在大家都这么做,就只关心这件事。下馆子。"艾伦点点头,准备打开《纽约时报》,这时乔什在他对面的松木桌前坐下,让他很是吃惊。他的那双亮晶晶、充满活力的眼睛盯着艾伦疲惫的脸看。他决定试着开口说一些话。

"艾伦,你现在坐在这里,来美国,是因为我告诉了海伦,凡妮莎遇到了一些困难。所以,说到底,你在这里是因为我请你来的。"

"哦,乔什,我来这里是因为我关心凡妮莎,我想看看她在萨拉托加温泉市是怎么生活的。和你一起的生活。"他补了一句。

乔什做了一个推开的动作。

"对,当然。我的意思是,因为你来这里的部分原因是我告诉了海伦凡妮莎的情况,所以我应该对你说明——发生了什么。"

"我很乐意听。"

乔什讲了他们相遇的故事(在波士顿的会议上),他当时在萨默维尔的生活,他和一位室友——他读研时的同学,他曾经以为自己很喜欢这个同学,直到这个家伙变成了一个没药可救的控制狂——住在一个潮湿、狭窄的房间,他很高兴和凡妮莎一起来到萨拉托加温泉市生活。他们一起读书(当然,凡很快给了他一张"他根本不可能读完的"哲学书单),而且他们像青年一样彻夜畅谈,一起因为难看的电视剧而发笑;他们买了一张新床(艾伦理解为乔什在隐晦地说他们做了爱,可能还很愉快;他不安地猜想了一下,凡在遇到乔什之前有没有这样的性生活)。

"不过幸福,"乔什说,"对凡妮莎来说并不容易。对有些人来说,也许像我这样的人,幸福就像其他事物一样是想当然的——比方说,耳内平衡,或者心跳,或者入眠之力。对凡妮莎来说不是这样。她仿佛没有这种耳内平衡。你和我在街上行走时不会摔倒;而对她来说,摔倒是一种出厂设置。没有摔倒于她是一种成就,是她需要努力的事情。但是你早就知道这点了——我原先并不知道。如果我听上去像一个这方面的行家,"他补充说,"不只是因为我和凡一起生活。我的弟弟尼尔就受这种麻烦的长期困扰,从……出生开始,好像就是这样。"

"凡妮莎的事,你说的没错,"艾伦说,他紧握着拳头,"不过我就是不明白为什么,我不明白为什么。"

"嗯——"

"对,好吧,我知道为什么:就像我知道为什么我这个月手里的钱比上个月少:因为我花了很多。但是我不知道为什么我会让自己沦落到入不敷出的脆弱局面。这说得通吗?"

"艾伦,这其实与脆弱无关。"

"我不是故意说得这么……瞧,凡和海伦经历了太多。凯茜和我离了婚——这对姐妹俩来说是不小的打击。当然。离婚造成了不小的伤害,我要独自撑过去,不能总是如我所愿地当一个好父亲。凡和海伦分成了两派;我想,凡怪我。"

"凡的母亲什么时候去世的?"乔什明知故问。

"十一,不对,十二年前。1995 年。凯茜的去世是……我不怎么谈这件事——现在根本没聊过。她们的父亲又有了新的女友。年纪比他小。这些我都理解。但是:瞧瞧海伦,老天!不快乐绝对不是不可避免的。为什么不快乐的是这一个,而不是另一个?"

"嗯,不快乐不是不可避免的,但是快乐也不是不可避免的。我的弟弟没有凡妮莎这么痛苦的经历,但是连起床对他来说都是一场战斗,醒了就没完没了地抽大麻。我想,如果可能的话,他在睡觉的时候都会抽。我们的妈妈是一位心理医生……所以——我觉得纠结为什么可能也没什么帮助。这应该是怎么、什么和如果的问题,而不是为什么的问题。"

艾伦被乔什的"没有这么痛苦的经历"刺痛了,并且很不高兴凡被拿来和这个游手好闲的烟鬼弟弟相提并论。但是他被乔什的温柔、专注、同理心和智慧所打动了。他记得,当他们在冰冷的黄昏里散步——火车昂扬的汽笛声响起之前——的时候,凡妮莎告诉自己——这一切恍如隔世——乔什应该是他见过的最善良、最正派的人。那辆火车,那辆火车……

"凡不太喜欢落单,你知道。"乔什说。

艾伦悲伤地想到:遇到你之后,她才不太喜欢落单,因为她爱上了你,想确定你是爱她的。在认识你之前,她大段时间独自度过,而且很是满足:在诺森伯兰郡的卧室,躺在自己的床上读那些大部头的哲学书籍。

"有时候我们因为这件事吵架。当我晚上在外面喝酒或者如果我去纽约等地出差多待一天,她就会不安。你听到昨晚她怎么说了吧?……哎,一切是从三个月前的一次晚餐改变的,她问我对和她一起搬到英国有什么想法。她受够了萨拉托加。我理解——我也是。这是我想离开的原因。不过我不知道自己去英国会是怎样。我在那里如何谋生？我在英国不认识任何人。我们是一个联系紧密的家庭，尼尔和我很亲密。所以我想我当时犹豫了，而凡——我想——把我的犹豫理解成我对她的背叛。她没有明确说出来，但是……艾伦，你想象不到她多么快地崩溃了。我真的吓坏了。她的眼睛——在糟糕的时候一片死寂，眼里一点光也没有了。我真的尽了力，我劝说她去看医生，不要只看心理医生。当然，最终我联系了海伦。"

"真的这么糟糕了吗？"艾伦说。他想责怪乔什。

"有时候她仿佛脱离了她所说的话。我没法准确形容。她变成了空心人。就好像，当她说话的时候，她在给自己的人生念讽刺性的旁白。天知道她是怎么捱过上学期末、教完那些课的。"

"她想自残的时候你吓坏了吗？你害怕的是这个？"

"是的，不论对错，我吓坏了。所以我给海伦写了信。"

"但是，听着——她是不是自己故意摔下楼的？即使她是故意的，这并不是自杀的行为，对吧？我的意思是，你那么做没法杀死自己。楼梯的高度不够！"

他提高了嗓门,攥着拳头,乔什十分同情地看着他。

"我不认为她是想自杀,艾伦。我觉得她是想引起别人的——我的——注意。她成功了。我没承受住她的抑郁,我逃跑了:我去芝加哥的父母家了。这不是让我自豪的事。接着凡摔伤了胳膊,当然我立马回来了。我们一起去了芝加哥,我的父母很喜欢她。他们改变了我对她的想法。"

"他们自然喜欢她。"

"我们回家之后,她好转了。就像迈过了冬日,迎来了春天。很有意思的是,我邀请海伦来拜访的同时,凡开始好转了。就像当你去看医生时,那些症状顿时消失了。所以你没见到她有像六周前的那种表现。"

"你带她去你父母家过圣诞节真是体贴。"艾伦平静地说。

"体贴?"他问,声音里带着一丝痛苦。

"你想说什么?"

一阵沉默。一俩脏脏的小型货车沿着雪白的道路驶过来。

"接受别人的绝对需要是一件很难的事。我只是……不知道我能否对她的幸福负责。"

"为什么?"艾伦问,声音带着超出预期程度的绝望。

"这就像有人对你说：'这是一个很昂贵的花瓶，你绝对不能让它碎了。'你最终还是会将它打碎，正是因为有人警告你不要。我不能对她的幸福负责，恰恰是因为会有一些时刻，我要对她的不快乐负责。"

啊，这何尝不是爱的另一种定义，艾伦心想，胃里空掉的一块继续扩大了，"我想我能理解。"

他们都沉默了。

"艾伦，如果她真的想回英国，我不觉得我可以和她一起去。现在还不行。"

"哦，那么，她就待在这里，不可以吗？你们俩都待在这里。"

乔什没回答，但是用复杂、自责的目光看着艾伦，艾伦移开了视线，耷拉着脸，尽管他想掩饰。他懂了：不论乔什有没有意识到，他这次把艾伦从英国喊来这里，是为了万一两人分手，他可以照顾她。事实上，喊他来美国就是来促成二人分手的。艾伦没有再多说，只是摇着头，低头盯着满是字的报纸。

"你瞧，也许我带她见我父母并不是一种体贴？"乔什说。"给了她那些暗示……"他的声音又充满了痛苦。

"你是出于好心。"艾伦重复说，悲伤又堵住了他的喉咙。

出租车急促地响了两次喇叭。

"你现在该走了。你的车到了。"

36

出租车开走后,艾伦站在冒着冷气的窗前朝外眺望,仿佛这片疗愈人心的白色可以帮助他的大脑放空——那结结实实盖着积雪的车道,以及附近两栋木板房屋的覆着白雪的屋顶,就像倾斜的空白画布……他突然能欣赏乔什了——他们的对话改变了他对这个年轻人的成见。像他那样说出心里的话绝非易事。乔什还爱着凡妮莎。但是他不能和她一起生活。他害怕,凡妮莎的不快乐对他来说是一种威胁。要么他爱她爱得不够,要么他忍受她忍受得不够。非此即彼,或者两者皆有——这些只是配方不同的退后。而加总的结果就是退后。不是这周就是下周,也许还等不到这两个月,如果凡妮莎决意回英国那更是如此了。乔什早晚会离开。关于他,海伦说得对,尽管她说的原因不尽然对。也许,他设想乔什一开始邀请艾伦从诺森伯兰郡来这儿是为了达成分手是不公平的。乔什,他现在注意到,实际上没有请求过任何帮助。

不过艾伦明白，自己面临了新任务。一种想法开始成形。他有足够的勇气将它付诸实践吗？他可以说出他应该说的话吗？他可以和乔什刚刚一样勇敢吗？

现在，他想聊会儿天——不是和坎迪斯，而是海伦。他走到客厅，拨通了在伦敦的海伦的手机。

"爸爸！怎么啦？你还好吗？凡怎么样？"

"她出门了，去上课。我昨天去旁听了她讲课。她确实非常有风采。事实上，很了不起。"

"她难道不应该是这样吗？她对这些东西了如指掌。"

"对，没错。"

"乔什呢？对他好一点，他只是容易激动的大男孩……所以怎么了？"

"乔什刚刚去波士顿了，他要出几天差。他在研究一些长文章。"

"又？说实话，我很不爱见他这样。他出差太频繁了。这么多趟，他是要去做什么？我的意思是，如果我是凡妮莎，我就会盯紧他。"

"不，哪儿的话，"艾伦郁闷地说。"我觉得你想错了。我看他其实非常忠诚。"

"发生了什么，老爸？"她怀疑地问道。艾伦准备告诉她，不过突然说不出口。

"没事,都很好……"

她被别的事分心了,他可以察觉到。

"爸爸,你回家之后——你会在这两天回家对吧?——我会接受你的提议。我会尽快把双胞胎带到诺森伯兰郡过一星期。"

"汤姆肯定也来吧?"

"对,当然。还有汤姆。"

"我们到时候制订一个计划。"

"你知道吗,和你还有凡一起在萨拉托加温泉市我很开心,尽管你有时候心情不大好。"

"哦,我没有。我们一起坐那趟火车的时候我很开心……"

"我也是——一样。我最好先挂了,有人打给我了。"

"你挂吧。以后再聊。"

他又回到了他看不起的那台普锐斯里。他要出发去特洛伊,不过他真正想做的是一直开着车——穿过寒冷的停摆的郊外,那里的雪让万物变得平等。如果有必要的话,他可以驾驶一整天。在旅程的终点——前往特洛伊然后折返——也许所有的老故事都会神奇地变得不同。

他不能保护自己的女儿,他没法帮助他们。海伦当然是幸存者。坚强的海伦可以照顾好自己。可是凡妮莎能吗?在教室,她那么自信、松弛,引经据典,信手拈来。上学的时候,如果她赢得了第一名,艾伦就对她十分自豪。如今,这份自信和快乐有多少转移到了乔什身上?没有了乔什,她会像一座失去了底座的雕塑那样立马摔倒吗?那会怎样?她摔得会有多重?乔什试过退出——艾伦现在知道这点了——于是凡摔得很重。

出于一些原因,他想到两个孩子以前的入睡习惯很不一样,不知道她们还是老样子。海伦习惯愤怒地躺下,一般是侧睡,弯着膝盖,胳膊紧紧地放在胸前。她用口呼吸,皱着眉头。凡妮莎则很安静。她平躺着,面色平静,不带一点忧虑。与世隔绝、耐心,而且冷静。她就像一张维多利亚肖像一样超凡脱俗。他不介意喊海伦起床,因为这对她是一种善事。可是凡妮莎好像获得了一种醒来就会碎掉的安宁。他会把手放在凡纤细的眉毛上轻声说话——轻到几乎没法喊醒她——"凡,亲爱的,时间到了。该起床了。我也不愿意这么做……"他希望她在白天能找到她在晚上的那份安宁。

他驾车经过了一座现代教堂——一个修着红墙

的社区中心,它的尖塔就像女巫的白色帽子——然后,仅在半分钟之后,经过了另一座教堂,它更古老也更漂亮,有一个槽点是它拉着一条横幅,上面写着:1十字架,3钉子,4给予①。这里的教堂比酒吧都要多。在英国,所有像样的乡村的酒吧和教堂之比都是二比一。他把车停在一辆黄色校车后面,校车的打开的机械臂上挂着"停车"的八角形牌子。美国的指令如鸣枪一般鲜明;他挺喜欢这样。英国的指示牌会把直白的"让路"说成"礼让"。他能读出那是"让路"的意思。如果让别人必须停下车来,没有什么比"停车"更有效的指示语了。孩子们都登上了校车,他们穿的校服很普通——样式像伞兵或者海军陆战队的服装,带着笨重的衬垫和连帽衫,巨大的书包很是累赘,他们的皮带上挂着大大的塑料水壶,像在沙漠里用的军用水壶。这些可怜娃,要去战场了。

沿着州际公路开一个小时就到了特洛伊。他明白海伦称这里为"苏联"是什么意思了。无垠的雪地,高楼还有冷飕飕的军用基地;结着冰的大河之上,横跨着一座很丑的桥。也许基辅或者梁赞就是这个样

---

① 这里指基督的受难,1 Cross + 3 Nails = 4 Given 被认为是恩典的计算公式,4 Given 的谐音是 Forgiven(被宽恕)。

子。这个城市弥漫着废弃的氛围：空仓库，河边的废工厂，大片闲置的办公楼。行人——会不会是特洛伊人？——以最快的速度穿过街。这里的生活被逼到了这种高速度，严寒惩罚着所有生活在这里的居民。

不过这里有精美的教堂尖塔、美丽的老式平顶建筑和宽大的马路。古朴的宁静街道，显然从十九世纪八十年代起就没变过。大风呼啸的河边全然是一片荒地：只有杂草、瓦砾，还有飘进眼里的沙子。不过这儿的发展潜力多么大啊——河边的空地至少有半英里，只待搭建合适的旅店、餐馆和公寓。建了，就会吸引来人。哦对了，就像他喜爱的多布森艺术咖啡馆。特洛伊可以和纽卡斯尔相提并论：这两个城市的居民比泰恩赛德人和伦敦人之间会更有默契。

沿着一条小巷开，他发现了一家安静的酒吧，木头房子沉浸在昏暗的灯光里。不过这里的酒吧招待是大肚子，很豪爽、健谈。他散发着一种欢乐的男性气质，对来者一视同仁。进门的常客无一例外受到了同样的欢迎和接待。

"你最近咋样，麦克？"

"不咋样。"

"哈！"

他让艾伦坐在吧台前，摆好了桌垫、菜单、纸巾和餐具;艾伦自己像孩子一般得到了温柔的照顾,仿佛身在飞机上,头等舱。主人很快发现了他来自哪里,故意用错的信息逗他。

"我猜'把煤运到纽卡斯尔'①的意思是你的城市有很多煤?"

"有煤,钢,造船业。曾经是这样。纽卡斯尔是世界上第一个使用电气街灯的城市。它的很多东西现在都消失了。现在多了几座雄伟的桥。哦,街灯倒是还在。"

"哈——十九世纪的时候,这个地方是钢铁之都。产量仅次于匹兹堡。我们就产这个:钢。运往整个美国。在钢铁被运完之后,我们就做衣服,我们制作衣领和纽扣。'衣领之城'可不是白叫的。我们有伦斯勒学院。通用电气还有一部分在我们这儿。大集团。说到电灯,你知道创建通用电气的是托马斯·爱迪生吗?"

"我不知道。"艾伦被逗乐了,觉得自己遇到了在美国的另一个自己。

"没错,那个爱迪生。不过不得不说,这位伟人的

---

① "把煤运到纽卡斯尔"是一句俚语,纽卡斯尔市盛产煤,比喻"多此一举"。

时代结束之后我们一直在走下坡路。这里的人都走了,再也没回来。这里可曾经是美国最富有的城市之一啊!新市长当然有自己的全盘计划,不过我跟你说,仅靠把布鲁克林的艺术家搬到这里来是不可能重建这座城市的。愚蠢。太愚蠢。"

从特洛伊回家的路上,州际公路车变多了,车辆都开得比他想的要快。盐和泥块疯狂地打着挡风玻璃,他仿佛在开一只小船。他看到了开往马耳他的出口,于是拐了进去。凡、乔什……不管了,不管了。拥挤的高速公路之后是宜人的乡间马路——两旁的雪地,山丘上的一大片森林映入眼帘。天越来越黑;冬日短促的下午。凡的车载电台——他认为这是她常听的频道——在播放《四季》,艾伦和其他人一样打心底里讨厌这首歌。为了忘却萨拉托加温泉市的纷纷扰扰,他试着第一次听这首熟悉的曲子。他前倾着身子调大了音量,他的视线微微向下移动,仅有片刻目光离开了马路,但是当他再次透过挡风玻璃看向正前方时,一辆他没看到的停靠着的车正准备在他前面驶出。一切尽在艾伦的掌握:为了超车,他轻轻踩住了刹车,按了喇叭,拐到了路中央。对向马路没有车辆开来;他瞟见了那辆车后座上的白色低音鼓。

他没有控制好。

他手里的方向盘拧歪了,普锐斯突然开始滑行,几乎是优雅地、毫不费力地冲过了马路。他再次踩了刹车,在惊慌之中,这次踩得狠,方向盘施展起了报复,往另一边转动。车在滑行,高速滑行,他什么也做不了,直到打滑停止。他有充分的时间,意识到自己不会死,并看清逆向的车道上没有车辆驶来,同时感谢牢牢地锁着自己的安全带。普锐斯在车道边缘停了下来。这场事故只发生了几秒钟。他现在完全把自己换了一个行驶方向——他现在正对着自己来时的方向。

这次令人眩晕的无力的滑行让他感到恶心。维瓦尔第继续播放着。他很幸运,车毫发无伤。

一个蓄着胡子、戴着棒球帽的年轻人钻出车门,艾伦注意到同样是一辆丰田,他跑到空荡的马路对面。艾伦打开了自己的车门。

"老天,你还好吗?对不起!我其实不是在把车开出来。"

艾伦的腿在发抖,呼吸急促。

"没事。我还好,车也无碍。其实,我刚刚低头看了几秒,为了弄这个……该死的……音乐。"他关掉了维瓦尔第。"当我再抬起头,不怎么你就出现在我前面。这是我的错。"

"你肯定撞到了一块雪或者冰什么的。马耳他附近没有人往地上撒盐化雪。瞧,这完全是我的错。顺便说一下,我叫莱恩……你的口音——你是英国人?你要去哪里?"

莱恩解释说自己也要去萨拉托加温泉市。他是一位音乐人——是鼓手。他的乐队今晚和明晚在百老汇大道上的菲利波咖啡馆有演出。表演布鲁斯、民谣、乡村歌曲。如果艾伦来,他会给艾伦留场内最好的座位,并且保证他整晚的酒水都是免费的。这些是他起码可以做到的。

37

他慢慢地、小心翼翼地——仿佛自己被烧伤了——把车开回了凡妮莎的家。她已经回来了,谢天谢地。他告诉了她自己的车打了滑,但是无碍;出于英国人的作风,她端给了他一杯茶。他感到自己脆弱不堪,备受打击。凡会照顾他的。他突然感到自己今晚不想又待在旅馆房间。绝对不。他又不是詹姆斯·邦德,甚至连伯戈因将军也不是……

她问起了特洛伊。

"我打赌,它绝对能让你想到纽卡斯尔。"

"对,没错。奇妙的相似之处。老天,那个海滨?空地多得令人兴奋。就等着瞧吧。特洛伊的问题就在于人口流失。当然,纽卡斯尔完全不是这样,那里的人口一直在增长。"他不假思索地说。

"哎哟,爸爸,没救了……也许你应该搬到这里来。所以你是在特洛伊吃的午饭吗?今天没吃伪君子汉堡啦?"

他们坐在桌前,一边喝茶一边谈天说地——除了乔什,什么都聊。聊到了斯基德莫尔和凡的同事,聊到了海伦和汤姆(他们的婚姻明显出了问题,但艾伦没提),还有海伦的新事业(凡对妹妹的决定大为钦佩)和承载了很多记忆的诺森伯兰郡的老宅子。凡问起了祖母的近况,艾伦告诉凡自己在来美国之前到疗养院看望过她。他没提自己因为要付母亲的高额账单而万分焦虑,以及一直盘亘在他脑子里的那个问题——他是否应该请妈妈和他一起在大房子里生活。令他频频想起老家纽卡斯尔的特洛伊同样也让他想到了自己的母亲。他们也没提坎迪斯。他们聊到了凯茜,但是出于一种长期的默契,提到的总是活着时的凯茜,仿佛她从未死去。聊天的句式总是类似于"记得妈妈把沃尔沃开到了深沟里",仿佛她可能真的会再把沃尔沃开进深沟里去,或者"你妈妈和我以前总是定期去那间旅馆",仿佛中止这件事是他们商量好的,而不是离婚或死亡造成的。

他看着凡妮莎可爱、熟悉的面庞——今天看上去有些暗淡无色,仿佛乔什的在场就是一种带来生气的神药。不,他解读得太过了,思考得太多了。她看着和往常一样,也许在上课之后有点疲惫,不过由于用眼疲劳再加上她不适应自己的新隐形眼镜,她戴着框架镜。戴上框架镜的她看上去就是"以前的凡妮莎"。他很喜欢她近视的、蓝色的眼睛,她的皱眉或者专注时的眯眼,紧张时微吐的舌头,她的低声细语和她温和、迂回的自我主张。甚至她的抱怨!凡妮莎总是嘟囔着自己既想念海伦又开心她走了,因为"她在的时候,我插不上话。海伦的确总是会霸道地占据自己周围的空间,你知道的"。艾伦打算的是今晚进行那场谈话,但是他觉得自己没准备好,自己还心有余悸。他想等到明天。眼下,他想躺在熟悉的环境里;他想歇着。

"那么——今天的探险让你想问什么问题?上帝,你昨晚逗得乔什一直笑。"

"我想不出任何问题……不,我的确有一个问题,"艾伦笑着说,"当那些美国人,我完全不认识的,明显有所指地问你,'你好吗?'你会真的告诉他们你的心情吗?"

"不太会。最好的回答方式是马上用更加重一点的语气回他们,'你好吗?'这样这个问句就完美地相互抵消了。"

"我就是这样想的。"

"今晚吃鸡蛋饼和吐司好吗?"

"再好不过了。"

一会儿,晚饭过后:"凡,你介意我今晚不回亚历山大酒店,睡你的客房吗?我在这里反正只剩下两个晚上了。"

"当然不介意,我很乐意。我也是自己一个人。怎么了?旅馆让你郁闷吗?换了我,一定很郁闷。"

"它让我想起老话'花哨玩意'。我小时候——有些商店卖的全是没人愿意买的蠢玩意。它们以前总是打广告卖'花哨玩意'。"

"在你来这里之前,我从来没有去过那个地方。这样——我们走吧,去取你的行李。我来当司机。"

38

第二天早上他没见着凡妮莎;在床上昏睡的时候,他听到了她在厨房的声响,后来她跑上楼梯又下楼。他等着听前门的声响,不过没听见就睡着了;再次醒过来之后一片静寂。他刚才梦见了凯茜。她开着那台旧菲亚特500,小凡妮莎和海伦像往常一样站在汽车后座椅上,把她们的小脑袋钻出天窗兜风。然后场景以梦的形式切换了,凯茜不再和他在一起了,很是奇怪,在他醒来的前一刻,他在为女儿们买鞋子……

他感觉到气温升高了;水从结冰的窗棂上滴落下来,清早他被从高高的屋顶掉落的雪块吵醒过。被子里非常暖和。啊,他晨勃了。早晨的老朋友——天赐神勃。

她回家吃了早午饭,他们一起喝的汤、吃的吐司,艾伦又产生了昨天晚上那种感觉,仿佛又回到了小时候,凡妮莎是他小姊妹。如果他们两个人就这样度过最后的几天,会怎样?这是无比宝贵的。为什么不呢?

他们坐在桌前喝着茶。他准备开口,又犹豫了;他不知道如何继续。一阵沉默,凡妮莎看着他。他找到了切入口。

"顺便提一下,我还没告诉过你,之前发生了一件怪事。星期一早上,我一个人在这里的时候,你的基督教邻居上门拉着我一起祷告了。"

"什么,杰里?和你?"

"他拉着我的手,就在这张桌子前,我们低着头做了祷告。"

"天哪,"凡妮莎说,"他从来没有拉着我做过这个。"她站起身,开始把餐盘放进洗手池。

"也许没有,不过我觉得你才是他的真正目标,而不是我。"

"什么意思?"

"凡,是杰里在楼梯下面发现的你。他说你那时候情况很糟糕。他的原话。"

"当然糟糕了,我都把胳膊摔折了。我当时躺在雪地里!情况就是这么糟糕。"

"他还告诉我你去他的教堂……还在教堂里哭了?他原话是'精神绝望'。这同样是糟糕的情况,不是吗？你比我要聪明多了，你一定在假装没听懂我的话。"

"爸，别这么担心，我现在好多了。我比从前要快乐。你可以看得出来。杰里发现的是最低谷的我，当然……但是海伦昨天早上说了她从没见过我那样高兴。"

"你年轻的时候，你妈和我就很担心你。现在，我又开始操心了。"

"瞎操心。"

"不，可不是瞎操心。你离家出走过！还记得你写的那些诗吗？你决定把所有家当送给朋友的时候，把我们吓坏了。所有东西，甚至包括你最爱的书。你记得吗？在牛津的时候？我们还是通过学校才知道这些。"

"那是好久以前的事了。你不需要这么害怕。我知道你怕什么。我从来没有那种倾向，爸爸……我年轻的时候，我以为这就是'哲学范儿'。仅此而已，其实超级做作。不是你想的那么抓马或者病态。"

"凡，跟我说实话吧。你不是故意摔下楼梯的，对吗？求你说实话。"

她转过身来，任由水龙头的水白白流淌，然后走到他身边。"这是一个意外，爸爸。是乔什让你觉得我是想自残吗?"

"对,一开始是的。他吓坏了。"

"我不知道他给你写的邮件是这么……危言耸听。我以为他只是暗示你过来'给我打打气'。瞧,乔什和我遇到了一些困难,处得很不好,在我们那次因为搬到英国的事情吵起来之后他……一走了之,把我一个人留在这里,所以我有点崩溃。以前的一些可怕的东西又开始攻击我。我整个人很沮丧,我承认这点。是的,他吓坏了,所以跑走了。他也知道自己做错了。我摔了之后,乔什就回来了,还邀请我和他一起去芝加哥。"

"你挺喜欢他的父母……"

"是的,我在那里见到了他的家人——这是真正的转折点。我喜欢他们! 我觉得自己被他们完全接纳了。我知道他为什么带我见他们,因为从芝加哥回来之后一切都不同了……生活仿佛重新开始了。乔什在几天前说他今年夏天会和我去英国四处逛逛。考察一下,看看我们在那里生活的感受会是怎样。"

"你从来没有告诉我你想回去——留在英国。我的意思是,在那里定居。这还是海伦告诉我的。你知道这对我是个好消息。我巴不得。对了,水龙头的水还在流。"

"我们还不确定……我很欣赏这里的学校,也喜欢我的同事。不过大概在去年,我发现自己很想念英国的一些怪东西——双黄线,六点钟准时播报的BBC新闻,那些小得古怪的白色暖气片。类似的蠢东西……英国的鸟!"

"英国的鸟?和美国的不一样?"

"是呢,"她忿忿地说,"英国的鸟……也许还有整个欧洲……柏林中部有一条康德大街——我想念的是那些,你知道吗?一条以哲学家的名字命名的街!我在这里除了乔什以外没有别的好朋友。幸亏有他。亚里士多德说过,友谊是人类最不可或缺的事物。"

"如果乔什不想和你一起去英国怎么办?"

"我觉得他是愿意的。如果他不想,我们就留在这里。"

"那就好。很好。我很高兴。"她的真诚、满怀希望的笃定的回答让他把到了嘴边的话吞了下去,他只好收敛火力,一边继续说下去。策略上,他应该向前还是撤退?他不能说,对于乔什前天做的暗示,他一句都不能说。那会让她脱一层皮。

"无论如何,"他勉强地嘀咕道,"有乔什之前可以活着,那么没有了他一样可以活。"

"是的,爸爸,是可以,但是活得不怎么开心,不是吗?"

"你总归是安然无恙。你刚才自己这么说的。"

"不是那种无恙。对我来说,无恙并不是一件容易的事。"她挨着他坐下,看向窗外。他的目光跟着她落在白茫茫的荒地上。她的眼睛闪烁着。他可以看到,泛着光的隐形眼镜仿佛在漂浮。她的呼吸声像铁块一样叮当作响。"我有时候觉得自己看得太清楚了,这是我的问题,我看得到生活的骨头,它的全部结构,这是我的问题。我思考得太多。"

"你究竟是什么意思?"他尽量不表现出生气。

"我也不想这样。我的课在后面会教学生尼采,他说过我们应该学习忘却,我们应该变得善于不知。他说我们嫉妒动物,想问它,'你为什么只是看着我?给我讲讲你的快乐为何那么简单!'如果动物可以回答,它会说:'因为我总是很快忘了我想说的话。'这是一种很好的异教智慧,不过它不适用于我。"

"啊,凡,这些年,每当我们聊起严肃的事情,你都能给我列一张书单……"

"你看到那栋房子了吗? 右边那栋。你看到它有一个带纱窗的阳台了吗? 到了夏天,我的老邻居就会坐在那里。恩索尔教授。他是一个好人,很善良,成天乐呵呵的,走到哪儿都背着一个小迷彩背包,挂着一根拐杖；九十岁了，一个人活得好好的。在比利时出生。一位荣休的中古史学者——他之前在斯基德摩尔学院教书。进入学术界之前，他是一名修道士，因为谈恋爱退出了多明我会并且结了婚。后来，他不信基督教了——出于相当奇妙的原因。当时离哈勃空间望远镜发明不久，人类开始观测到令人惊叹的天文景观。他突然意识到，如果他所了解且崇敬的伟大思想家——中世纪的阿奎那、邓斯·司各脱、但丁以及之后的那些——听说了这个新发明的望远镜，他们都会想围着它，用它来观测宇宙、天堂——来端详上帝和他右手高举的耶稣以及他身边的所有天使，或者别的什么。在他的脑海里，他可以看到这些人激动且满怀期待地围在这架望远镜周围。他有一天告诉了我这些。恩索尔产生了这一想法之后，他意识到自己不是信徒；他意识到，如果自己告诉他们那里什么也没有，这些伟大思想家肯定会大失所望。"

"这确实很有意思，不过让我们回到——"

"我还没讲完，这个故事还没讲到重点。"

"好吧。"

"到了夏天和秋天，他就坐在那个阳台上读书，而且总是在那里用餐。去年九月，我看见他在吃午饭。他一个人生活，除了他并不热心的中年女儿偶尔过来拜访之外,他总是一个人待着。他的妻子十年前去世了。就这样:我看他喝着汤。看了十分钟,说来也怪,很有催眠效果。他坐在一张单薄的牌桌前,弓着背吃着碗里的汤。他的手缓慢、耐心且有条不紊地将碗里的汤送到嘴里,一口接着一口,手臂前后摆动,非常缓慢,直到他喝完。然后他将碗举起来,喝光了剩下的东西。这像一种观察练习。我很佩服这种僧侣式的耐心——他有着超强的自制力和坚毅的决心——同时我被它吓到了。我看不出这顿饭有任何快乐可言,只是一种行为的训练。为了延续。生存的反射作用。他只是在喂养一具肉身,以便让它存活下去。为了什么?哦,为了让一个人活得更久一些,这样他可以喝更多的汤……这也许就是生活的终极图像:全然的无意义,重复性的延续。这就是我说的看得过于清楚的意思。"

"但是……你自己也说了——他总是乐呵呵的。他还到处走动。所以不能说这就是生活的绝对图像。"为什么她会这么想,用这些巨大的概念?他急切地将抽象的话题引到地面上来。"也许,"他补了一句,"这是他这辈子喝过的最美味的汤呢?你不知道它带给了他多大的快乐。对我来说,这很有意义。"

"你应该来听我的课。没错,他是乐呵呵的——

他的快乐是最标准的:理智的而且是被满足的。他让自己的生活有了它应该具有的意义。"

"但是这不是一个你可以轻松效仿的模板。"

"并不轻松。需要努力。对我来说,当一个成年人就是这样。在努力的时候,你注意力全部集中在生存上面,这并不是真实的快乐,不是吗? 并不是'人之繁荣',不是吗? 爸爸,我们散步的时候,你说你不是'天生活泼'的人。这是你自己的话对吧? 但是我不认为这是真的。你是迁就我说的这番话。我觉得你的活泼是天生的。是内在的。快乐只是一种天生的品性,像绝对音感一样的完全偶然的天赐之物吗? 乔什有这种天赋:健康,生来乐观。海伦很大程度上也有。我没有。你有想过这件事吗?"

"关于快乐……我没怎么思考过。当然,我思考很多别的东西,除了是否快乐。正好你问起来了,快乐更像……一种欲望或者稳定的能量——"

"而非一个谜。"

"对,不是一个谜。"

艾伦不再抵抗,只感到悲伤。他清了清嗓子,并且拉起女儿的手。

"你说那位教授,你的邻居,有'毅力'。亲爱的,毅力很重要。既然你给我讲了一个故事,现在我可以给你讲一个吗?我念书的时候——好多年前——有一个恶霸,名叫韦尔比。他总是在学校操场上晃悠,给男生拳头吃,挑衅斗殴。我们这些聪明孩子——那所烂学校就我们三个——并没有跟他打架,因为如果那样就中这个混蛋的计了。相反,我们在他挡道的时候嘲笑他:韦尔比,君子动口不动手,你只会打人,不会骂人吗?这很有效。他会转身走开。有时候我希望你可以咒骂生活,而不是和它打架。"

"我想我明白你的意思了,但是我不知道具体怎么应用。"凡妮莎说。

"说实话,我也不知道。我希望我知道。"他又感到疲惫起来,"我想说,用智慧打败生活,告诉它去哪儿,让它滚,而且在战略上——藐视它。我想说的是,清理掉问题。不要周旋太久。不要让雪球越滚越大。我说的你能明白吗?兵不恋战——我是这个意思。"

"拉姆斯菲尔德[①]?"

"在这点上他没有错。"

他们微笑着看着彼此;他还握着她的手。他握得更用力一些。

[①] 唐纳德·亨利·拉姆斯菲尔德(Donald Henry Rumsfeld,1932—2021),曾任美国国防部长。他一直被外界认为是小布什内阁中的著名鹰派代表人物之一。

"你知道你对我来说有多珍贵。"他说。

"我知道。"

"妈妈曾经那么爱你……"

他不是故意用过去时态的。她嘟囔了一声。

"我们以前有一个家,"凡妮莎抹着眼泪说,"而且是世界上最好的家,后来我们不再是一家人,家就消失了。"

他从来受不了孩子们哭。他会带着一半心痛、一半生气的心情劝慰他们;他会非常严厉,但是实际上无比心痛地说,"别哭了,拜托了,别哭了,真的没有必要这样。"

"拜托,爸爸,"凡妮莎对他说,"没事,一切都会好起来的。我给你找一张纸巾。也给我自己一张。"

他们安静地坐了一会儿。没有多余的话要说,足够了,不过现在他觉得以后有的是时间来说。今天不说,还有明天。

39

他提议出去吃晚餐——到菲利波咖啡馆,很妙的提议。凡妮莎绝对没考虑过这家,不过干吗不呢?他告诉她自己要见的一位音乐家今晚在那里演出。"你这两天见的人比我过去八年在这里见过的人都要多。"凡虽然是开玩笑,不过他觉得还是有些刺耳。雪消融了一整天,大地回暖,终于不冷了,可以步行到城里去。空气湿漉漉的。商店的墙壁上还高高地堆着脏兮兮的硬雪块,完全不为所动,等到春天才能解放;不巧,商店的雨篷一抖动,将雪水滴到了他的脖子里。一群喧闹的学生三三两两地走在人行道上,在暖和的咖啡店欢快地进进出出,他没有看清他们的脸庞。

菲利波咖啡馆里面非常安静。这支乐队的观众原来这么少,艾伦为他们感到难过。也许,他们的小费是固定的,不是按人头计算的?那里的环境很舒适——铺着宽大的木地板,红墙上挂着一幅拙劣得感人的壁画,好像是一些二十世纪六十年代的音乐家在一次光鲜亮丽的晚会上的合照;他只认出了琼·贝兹和鲍勃·迪伦。壁画是为了庆祝贝兹和迪伦还没有成名之前在这家咖啡馆演出过,凡说。前方舞台已经搭好,几把吉他靠着盒式扩音器放着,还有他在莱恩车里看到的白色架子鼓。他们点了晚餐。

到了十点钟左右,艾伦困得想要离开的时候,音乐家们跳上了舞台。他很庆幸自己和凡坐在后排的暗处;他根本没打算接受莱恩的提议——享用免费的酒水以及最好的座位。现在店里的座位都满了——内行的人都没有干外行的事——提早到。那位一定是在酒吧的特拉斯克女士吧?不是她吗?凡确认了是她。乐队在向观众做自我介绍:莱恩是鼓手,维斯是贝斯手(高个子,手臂很长,寸头漂成白色),卡特弹班卓琴(很年轻,戴着眼镜,二十岁出头),艾米是吉他手(年纪稍长,绑着一条银灰色发辫)。他们乐队的名字叫"神秘流浪汉",艾伦觉得名字起得很糟糕。凡表示了赞同,不过说它肯定取自《像一块滚石》,这样的话,它听上去或许没有那么可怕了。或者更加可怕了,艾伦轻声说,充当起海伦平常扮演的角色。"真奇怪啊,"凡仿佛看透了他的心思,低声回答他,"我们两个竟然背着海伦在这里听音乐!"

他们的演出很棒,比他们的起名水平好了太多,音乐的精准度和细腻程度拿捏得很好。他们的第二首歌很闹,非常激烈,鼓手忙坏了:这是"我们自己创作的一首歌",名叫《当蓝调遇见红色》。忠实的观众发出欢呼声和口哨声。现场安静下来之后(艾伦高兴的主要是噪声停下来了),他们花了一点时间调音。对艾伦来说,这一过程慢得不像专业音乐人的水准。"给一只班卓琴调音要全村的人!"卡特开玩笑说。"我们调音是因为我们在乎。"[①]艾米补了一句。艾伦变得坐立不安。下一首歌,艾米说,"是被密西西比·约翰·赫特唱火的,不过在他之前已经被传唱了很多年,也许有好几十年,没人知道这首好歌是谁写的。"歌名是《让我躺在你的地板上》。

她开始用吉他弹奏复杂的和弦。几乎没有伴奏——贝斯手几乎没碰他的吉他,鼓手只是敲着铃鼓,踩着低音鼓。旋律很欢乐,噪声也恰到好处,不过歌词和冬日相关,非常深情。艾伦被打动了,突然专注起来,坐直了。他以前从来没听过这首歌,不过他和他父母都很喜欢那首《艰难的岁月只在昨天》,他一直珍视这首歌的一个原因是它是一首悲伤的哀歌甚

[①] 尼尔·杨(Neil Young),加拿大著名歌手,因在演奏中间花一两分钟来调音而臭名昭著。他说过,"我们调音是因为我们在乎。"

至挽歌,不过歌词却具有相反的意思,显示出一种决心、团结和信念:

> 这首歌啊,寄托着困倦的叹息,
> 艰辛的岁月啊,都只在昨天。

这首歌曾经在他低潮的时候给予过他力量。它既不属于悲伤的歌也不属于快乐的歌,而是二者的融合,很有哲理;斑杂的东西倒具有稳固人心的效果。这个乐队现在演奏的这首歌也是如此。"这是什么歌?"他连忙问凡。"嘘,别出声,爸爸,我不知道,听就行了。"歌曲描绘的是一个冬日场景,还有一个旅人,和过夜的一张床。

他听到了"让我躺在你的地板上",接着又听到"我要去全国各地,在寒冷的雨夹雪中穿行"。他的泪水夺眶而出,甚至更加庆幸自己坐在暗处了。

> 哦让我躺在你的地板上,
> 为我铺一张又软又薄的垫子,
> 让我躺在你的地板上。

40

次日清晨,天气更加暖和了。外面,到处都在淌水;现在,屋顶上的雪都消失不见了。他很喜欢自己的小卧室,墙壁很薄,空气透过关着的窗子流进来。他的单人床上搁着一张新英格兰被子。让我躺在你的地板上。他打开了笔记本电脑,等着网络连接上。他给埃里克·鲍尔写了一封邮件。他提醒埃里克,接下来两周的当务之急是把赛登的地产卖掉;然后,他们可以抛售约克的两栋建筑。他还附上了凡妮莎的电话号码,并且解释说自己已经从旅馆退房了。这是他现在的联系方式。他还拜托埃里克和海伦联系——埃里克知道她的邮箱——来发起下个月的一次三人会议,在伦敦或者纽卡斯尔或者别的地方,地点并不重要。埃里克、艾伦和海伦将一起讨论合伙创业的事情。"令人激动,我认为。(之后详说。)"然后他点了关机,合上了这台白色装置,平静地和它告了别。

下楼后,他坐着喝起了咖啡,一边读着《纽约时报》。凡坐在客厅,手握着笔在备课。手机铃声响了,是乔什打来的,于是艾伦离开了房间,走到了阳台上。在这儿的这些天里,这是他第一次待在阳台上而没有冷到发抖。凡说,春天到了的时候,她会觉得自己的身体放松了下来——你的生命又续了一次约,她说,你又成功地翻过一个危险的篇章。他明白这是什么意思。春天还远着呢,不过现在他可以想象是一幅怎样的景色:冰封的平原会解冻,裂成一块一块;堆在建筑物侧面的厚厚的雪会流进排水沟,在路况危险的人行道上留下小石子和盐粒。然后,万物开始复苏,令人幸福的萌芽声对于常年生活在诺森伯兰郡的他来说再熟悉不过了——到了这个时节,他和坎迪斯会开始徒步,在遇到坎迪斯之前,他是和凯茜一起:水仙花会绽放,接着连翘丛会抽出长满了刺的黄色枝条,像夏天提前派来的使者;还有轻狂而薄命的樱花树;最后所有的鸟儿都会飞回这里,燕子、布谷鸟、雄山雀——它在交配时的小三度鸣叫,凡每个早晨都可以在卧室窗前听到。

还有纽约上州,在纽约上州,春天会变为夏天,如铃铛的紫藤和壮硕的树——杨树、枫树和橡树——会渐渐枝繁叶茂,再次变成欢乐的绿色王国。这就是纽约上州。接下来的生活——成为凡妮莎的全部的美国生活也会苏醒。她将学着重新爱上最熟悉的事物：红黑相间的野猪头卡车(这只得意扬扬的黄金神兽愉快地舔着嘴唇)，棕色 UPS 货车轰隆作响，生锈、矮胖的蓝色邮筒发出尖叫(在英国人看来它太像垃圾桶了)，没错，甚至还有百老汇大道上的十五面美国国旗响亮的拍打声。火车的美妙汽笛声会飘到温暖的山谷里——旋律不再是冬日的圣诞口琴，现在是一种迁徙动物寻找同伴的喊声⋯⋯

凡出现在了门口。

"乔什要在波士顿多待一晚。很显然，麻省理工的一位科学家和他临时更改了会面时间。所以，这样一来你没法再见到他回家了。他让我代他向你道歉。"

他观察着她。她好像没有受这个消息困扰，不过这很难说。他知道自己该做什么。

"凡，我在这里多待几天怎么样？我把车票改签？"

"多待几天？我当然乐意了，爸爸。不过多久？"

"我也不知道。几天吧。"

"哦，好啊！你需要添几件新衣。"

波士顿，2017 年 6 月